J. Mullendorf

Die Geschichte des Gnadenbildes der Trösterin der Betrübten zu Luxemburg

vom Entstehen der Wallfahrt bis zum Jubiläum des Jahres 1866

J. Mullendorf

Die Geschichte des Gnadenbildes der Trösterin der Betrübten zu Luxemburg
vom Entstehen der Wallfahrt bis zum Jubiläum des Jahres 1866

ISBN/EAN: 9783742839091

Hergestellt in Europa, USA, Kanada, Australien, Japan

Cover: Foto ©Andreas Hilbeck / pixelio.de

Manufactured and distributed by brebook publishing software
(www.brebook.com)

J. Mullendorf

Die Geschichte des Gnadenbildes der Trösterin der Betrübten zu Luxemburg

MARIA MATER IESU

CONSOLATRIX
AFFLICTORUM.

Das hl. Gnadenbild Mariä,
der Trösterin der Betrübten, zu Luxemburg.

Die

Geschichte des Gnadenbildes

der

Trösterin der Betrübten

zu Luxemburg

vom Entstehen der Wallfahrt bis zum Jubiläum
des Jahres 1866 einschließlich

kurz dargestellt von

Dr. J. MULLENDORFF,

Pfarrer in Kayl.

Dritte, vermehrte und verbesserte Auflage.

Luxemburg.
Druck und Verlag von Peter Brück.
1866.

Vorwort zur dritten Auflage.

Empfange hier, liebes Luxemburger Volk, die dritte Auflage des Dir bereits lieb gewordenen Büchleins. Ich habe es neuerdings verbessert, umgeändert und ein Kapitel über das in diesem Jahre gefeierte Jubiläum hinzugefügt. In der Beschreibung des 200jährigen Jubiläums konnte der Kürze wegen Manches nicht erwähnt werden, was erwähnt zu werden verdient hätte. Gott, der den wahren Werth aller menschlichen Werke kennt, läßt kein Verdienst unbelohnt, am allerwenigsten aber dasjenige, das sich den Lobsprüchen der Welt in anspruchsloser Bescheidenheit entzieht. Alles, was geschehen und in diesem Büchlein erzählt ist, möge gereichen zur Verherrlichung unserer lieben Mutter und mächtigen Schutzpatronin Maria, deren Verehrung sich wiederum nur bezieht auf die Verherrlichung ihres göttlichen Sohnes, „des Königs der Jahrhunderte, des Unsterblichen, des Unsichtbaren, des Alleinigen Gottes, Dem sei Ehre und Herrlichkeit in alle Ewigkeit. (I. Tim. 1.)"

Erster Abschnitt.

Entstehung der Andacht und Wallfahrt zu Maria, der Trösterin der Betrübten.

Einleitung. Es ist der allerseligsten Jung=
frau Maria keineswegs gleichgültig, an welchem Orte
wir sie anrufen und verehren. Das hat sie von jeher
durch die auffallendsten Thatsachen gezeigt. Sie will
an gewissen Orten und vor gewissen Bildern ihre
Gnaden in außerordentlich reichem Maße über uns
ergießen, damit die Gläubigen, indem sie sich an diesen
Gnadenorten und vor diesen Gnadenbildern schaaren=
weise vereinigen, einander zur Liebe der Gottesmutter
anfeuern und auffallende, glänzende Beweise ihrer
Macht und Güte erhalten. Ein solches Gnadenbild
ist auch das Bild der Mutter Jesu, der Trösterin
der Betrübten, welches wir in der Stadt Luxem=
burg verehren, und dessen 200jähriges Jubiläum wir
im Jahre 1866 gefeiert haben. Die Geschichte dieses
heiligen Gnadenbildes will ich hier kurz erzählen.

Bau der Muttergotteskapelle. Seit 1564
wirkten die Väter der Gesellschaft Jesu segensreich in

Luxemburg. Zu Anfang des siebenzehnten Jahrhunderts
lebte unter ihnen ein eifriger und frommer Pater,
Namens Jakob Broquart; dieser faßte den Plan,
außer den Thoren der Stadt eine Marienkapelle zu
errichten, damit die Vorübergehenden und namentlich
die Zöglinge des Collegiums der Jesuiten einen Ort
hätten, wo sie einkehren und sich dem Schutze der
allerseligsten Jungfrau empfehlen könnten. Da die
fromme Bürgerschaft schon längere Zeit einen ähnlichen
Wunsch gehegt hatte und zwei vornehme Bürger der
Stadt den zum Bau nothwendigen Platz vor dem
Neuthore, nächst dem heutigen Friedhofe an der Land=
straße, bereitwillig zum Geschenke hergaben, so wurden
bald die Anstalten zum Baue getroffen, und P.
Brocquart pflanzte einstweilen auf dem geschenkten
Platze ein großes Kreuz auf, an welches ein Bildniß
der lieben Mutter Gottes befestigt wurde. Einige
Zeit darauf, im Jahre 1625, wurde der Grundstein
zur Kapelle gelegt und alle Steine des Fundamentes
mit dem Namen Maria bezeichnet und feierlich ein=
gesegnet. Die höchsten Personen des Landes sah man
beschäftigt, mit vornehmer Hand die Grundsteine in
die Fundamente zu legen. Alle schätzten sich glücklich,
Mitarbeiter an dem Heiligthume zu sein. Da brach
im Jahre 1626 die Pest über das Land herein und
verheerte es so, daß die halbe Stadt ausstarb und
Alles mit Schrecken und Trauer erfüllt ward. Auch
P. Brocquart wurde von der Seuche ergriffen. Da
machte er ein Gelübbe und versprach der allerseligsten

Jungfrau, wofern sie ihm die Gesundheit wieder
schenke, barfuß nach der Kapelle zu wallen und ihr
daselbst eine zweipfündige Wachskerze zum Opfer zu
bringen. Wirklich ging er nach wenigen Tagen wie=
der frisch und gesund einher.

Maria, Trösterin der Betrübten. Wie
nun das Volk, in seiner Trauer und Niedergeschlagen=
heit, durch die Genesung des frommen Paters auf
die Wunderkraft der himmlischen Trösterin aufmerk-
samer wurde, kam man überein, daß das in der
Kapelle aufzustellende Bild den Namen „Trösterin der
Betrübten" tragen solle. Luxemburg beburfte auch
eben des Trostes und einer mächtigen Trösterin, indem
es in dem vorigen Jahrhundert des Unglückes und
des Mißgeschickes so viel zu leiden gehabt; bald war
es Krieg, bald Theuerung und Hungersnoth, bald
Pest, bald andere schreckliche Plagen, die es heim=
suchten. Namentlich war auch das kleine Land von
jeher der Zankapfel gewesen, um welchen sich die
europäischen Mächte stritten. Zur Zeit, wo die Kapelle
erbaut wurde, trafen diese Plagen das Land empfind=
licher als je, und wir werden sehen, welch' bedeuten=
den Einfluß sie auf die ganze Geschichte des Gnaden=
bildes ausgeübt haben. Einstimmig wurde also beschlos=
sen, die Kapelle solle zu Ehren der Mutter Jesu, der
Trösterin der Betrübten, erbaut werden, damit sie
das Herz des hart geprüften Volkes erleichtern, seine
Thränen trocknen und seine Seufzer stillen möchte.

Schon im Jahre 1627 war die Kapelle vor

dem Neuthore in Gestalt einer Rotunde von unge=
fähr achtzig Fuß im Umfange vollendet. Da stand
auf dem Hochaltar ein aus Holz geschnitztes Bild
der Jungfrau=Mutter, das in der rechten Hand den
Scepter hielt und auf dem linken Arm das Jesukind
trug. Von den ersten Zeiten an ward das Bild mit
Gewändern von verschiedenartigem Stoffe bekleidet.
Am 5. August ward die erste Feierlichkeit vor dem
Muttergottesbilde in der neuerbauten Kapelle gehal=
ten. Andächtig strömte das Volk herbei und fing an,
die allerseligste Jungfrau als Beschützerin gegen Krieg,
Theuerung, Pest und sonstige Plagen, welche das Land
so oft heimgesucht hatten, unter dem Titel „Trösterin
der Betrübten" anzurufen.

Wunder. Hatten die Gläubigen einmal den
Weg zum Bilde gefunden, so war auch der Mutter
Gottes der Weg zum Bilde gebahnt. Sie zeigte bald,
wie angenehm ihr diese Verehrung sei, indem sie
anfing, Wunder zu wirken. Mit Eröffnung der Ka=
pelle verschwand die Geißel der Pest aus Stadt und
Land. Kranke genaßen, die einen von der Gicht, die
andern vom Fieber, Stumme erhielten die Sprache,
Taube das Gehör, Blinde das Gesicht, Lahme den
Gebrauch ihrer Glieder zurück. Diese Wunder geschahen
theils in, theils außer der Kapelle, bald an den An=
dächtigen selbst, bald an denen, für welche die Andacht
verrichtet wurde, die meisten in Folge von Gelübden,
in welchen man entweder einen Bittgang, oder ein
Opfer, oder eine Andacht, oder sonst ein gutes Werk

verſprach. Sie geſchahen nicht etwa des Jahres blos
einige Mal, ſondern Anfangs ſogar täglich, ohne daß
man ſie aufzeichnete; viele davon ſind aber nachher
aufgezeichnet und durch die Ausſagen der Zeugen und
die Gutheißung der kirchlichen Obrigkeit als echt be-
wieſen worden. Beſonders merkwürdig• war die Ge-
neſung der gichtbrüchigen und ſtummen J o h a n n a,
einer Tochter des damaligen Generalprokurators des
königlichen Rathes zu Luxemburg, welche zwölf ganze
Jahre lang faſt unbeweglich auf dem Bette gelegen.
Sie verſprach der allerſeligſten Jungfrau, ihre Kapelle
vor dem Neuthor in der Octav des Feſtes von Mariä
Geburt alle Jahre zweimal zu beſuchen und daſelbſt
ihr zu Ehren zwei heilige Meſſen leſen zu laſſen.
Dann ließ ſie ſich am Sonntage in der Octave in die
Kapelle tragen, und als ſie einige Augenblicke vor
der Wandlung niederknieen wollte, konnte ſie auf einmal auf ihren Füßen aufrecht ſtehen und nach einigen
Tagen ohne Stütze einhergehen. Als ſie am darauffolgenden Mittwoche wiederum in die Kapelle kam und
die heilige Kommunion empfing, erhielt ſie auch die
Sprache wieder.

So erhielt auch Mangin Metz, der Sohn eines
Bürgers in Luxemburg im Jahre 1628 das Gehör
wieder, während deſſen Mutter in der Kapelle eine
hl. Meſſe leſen ließ und darin für ihren Sohn betete.
Johanna F r e y m a n n wurde im Jahre 1634 am
rechten Auge wieder ſehend, während ſie in der Kapelle, das leidende Auge nach dem Gnadenbilde ge-

richtet, für ihre Genesung betete. Elisabeth Bennoit wurde, als sie in der Kapelle eine Messe lesen ließ, von gewaltigen Kopfschmerzen, an welchen sie sechs Monate hindurch gelitten hatte, befreit.

Diese und mehrere andere der geschehenen Wunder wurden von gewissenhaften Männern, an deren Spitze sich die Herren Prälaten von Münster und Orval befanden, untersucht und von dem hochwürdigsten Herrn Otto, Bischof von Azot und Weihbischof von Trier, am 9. Dezember 1639 gutgeheißen.

Erste feierliche Prozession. Für die vielen empfangenen Wohlthaten wollten sich die frommen Luxemburger nun auch dankbar beweisen. Zu diesem Zwecke veranstaltete man noch in den letzten Tagen desselben Jahres 1639 eine feierliche Prozession. Das wunderthätige Bild wurde auf Anordnung der Jesuitenpatres in der Kapelle abgeholt und unter andächtigem Gebete der herbeigeströmten Volksmenge und den Lobgesängen der Priester im Triumphe durch ·die Straßen der Stadt bis zur Kirche der Jesuiten getragen. Hier blieb es acht Tage lang ausgesetzt, und acht Tage lang dauerte die Feierlichkeit, welcher die Luxemburger mit großer Andacht und Inbrunst beiwohnten. Am achten Tage wurde zum Schluße das Gnadenbild in die Kapelle zurückgetragen, und man sah, wie bei dieser Schlußprozession alle Ordensleute der Stadt, die ganze Clerisei, sowie auch der königliche und der städtische Rath dem unzähligen Volke mit der erbaulichsten Andacht vorangingen.

Erweiterung der Kapelle. Das schöne Beispiel der Hauptstadt wirkte auf alle Flecken des Landes: es kamen bald zu den verschiedensten Zeiten des Jahres Pilger zu dem Gnadenbilde, um auch an seinen Gnaden Theil zu haben. Aber nicht blos aus dem Inlande, sondern selbst von fremden und weit entlegenen Gegenden kamen die Besucher zur Kapelle. Schon im Jahre 1630 kamen innerhalb 12 Monaten 60,000 Pilger. Als nun die Anzahl der frommen Waller von Tag zu Tag wuchs, sah man, daß die Kapelle viel zu klein sei, und es wurde im Jahre ,1640 zu der früheren Rotunde ein größeres, längliches Gebäude hinzugefügt. Am 5. Juli wurde die neue Kapelle vom Herrn Weihbischof von Trier eingeweiht und das Gnadenbild, welches während des Baues in der Jesuitenkirche gestanden, mit großer Pracht und unsäglicher Freude hineingetragen. Für dieses Fest der Kapellweihe hatte Papst Urban VIII. einen voll= kommenen Ablaß verliehen.

Neue Wunder. Auch in der neuen Kapelle fuhr das Gnadenbild fort, Wunder zu wirken. Wie bereits vor dem Umbau, sah man auch nach demselben zu wiederholten Malen einen wunderbaren Lichtglanz über der Kapelle und um dieselbe herum schweben und aus allen Fenstern und Thüren herausschimmern, wie wenn sie in vollem Brande stehe. Diese Er= scheinung dauerte zuweilen drei Stunden lang und viele Bürger und Soldaten waren Zeugen davon. Unter Anderen hatte auch der Festungs=Commandant,

General von Beck, als er auf den Stadtwällen herum=
gehend die nächtliche Runde machte, diesen Lichtglanz
zweimal gesehen. Die Kranken priesen wieder die
heilende Hand ihrer Wohlthäterin, die Blinden und
Stummen verherrlichten sie in Lobeserhebungen, die
Lahmen und Bresthaften wetteiferten in Dankgebeten
für die empfangenen Gnaden, ja selbst drei todte
Kinder erhielten vor dem Gnadenbilde das Leben und
die heilige Taufe. Und so wurden noch in demselben
Jahre 1640, am 12. Oktober, von dem hochwürdigsten
Weihbischofe von Trier 33 andere Wunder, die theils
augenblicklich, theils auf der Rückreise der Pilger,
theils während der neuntägigen Andachten geschehen
waren, gerichtlich untersucht und bestätigt.

Zunehmen der Wallfahrten. Während nun
einerseits die Wunder so häufig wurden, daß man
sie gar nicht mehr aufzählen konnte, nahm auch der
Zudrang der Gläubigen über alle Erwartung zu.
Groß und Klein, Jung und Alt, Reich und Arm
wallten zum Gnadenbilde, nicht selten unter großen
Beschwerden, unter Fasten und Kasteiungen; Manche
kamen sogar in rauhe Bußkleider eingehüllt zur Ka=
pelle. Aus der Stadt selbst eilten hin die Schüler des
Collegiums, die Handwerksgesellen, die Jungfrauen
und die Schulknaben, und zu schönen Singchören ge=
schaart, opferten sie an gewissen Tagen der geliebten
Mutter ihre Wachskerzen auf. Es kamen zu ihr die
Jünglinge und Jungfrauen von Grevenmacher, die
Töchter von Arlon; ganze Dörfer, Städte und Ge=

meinden kamen zur Trösterin der Betrübten, und es
gab wohl keine Ortschaft in der Runde, deren Be=
wohner sich nicht mehreremal gedrungen gefühlt hät=
ten, nach der Kapelle zu wallen. Kein Jahr verging,
wo nicht 50 bis 60 Prozessionen gezählt wurden, und
in der Kirche der Gesellschaft Jesu allein wurden oft
an einem Tage über 1500 Beichten gehört.

Beispiel der Angesehensten des Landes.
Was aber am meisten erbaute, war, daß der Adel,
der Magistrat und die höhern Stände dem niedern
Volke in der Verehrung des Gnadenbildes nicht nach=
standen. Ein großer Verehrer der Mutter Gottes
war unter vielen andern Großen, die wir anführen
könnten, Freiherr von Beck, Gouverneur der Stadt
und General=Feldoberst in den Niederlanden. Dieser
wackere Held, ein geborner Luxemburger aus dem
„Grunde", begab sich nie in eine Schlacht, ohne sich
der Mutter Gottes empfohlen zu haben. Und als er
im Jahre 1642 wieder in die Niederlande abreiste,
um sich an die Spitze seiner Truppen zu stellen und
dem Feinde entgegenzugehen, besuchte er, seiner Ge=
wohnheit gemäß, die Kapelle, schlug darauf den Feind
bei Honcourt und kehrte sieggekrönt in seine Vater=
stadt zurück. Doch ehe der Sieger in die Stadt ein=
trat, begab er sich zu seiner Beschützerin in die Ka=
pelle, um ihr zu danken. Nie, pflegte er zu sagen,
habe er im Kriege etwas ausgerichtet, das er nicht
seiner lieben Mutter Maria zu verdanken habe. —
Allen erlauchten Verehrern Mariä thaten es zuvor

1*

die beiden Prinzen und die Prinzessin von Chimay, indem sie sowohl durch ihre persönliche Theilnahme, als durch großmüthige Beiträge die Feierlichkeiten der Mutter Gottes zu erhöhen bestrebt waren. Was sie noch insbesondere gethan haben, wird im zweiten Abschnitte gesagt werden.

Wie sehr sich auch die Priester beflissen, die Mutter Gottes in der Kapelle zu verehren, kann man aus der einzigen Thatsache schließen, daß zu jener Zeit innerhalb fünf Monaten vor ihrem Bilde über 3000 heilige Messen gelesen wurden.

Opfergaben und Weihgeschenke. Wie beim Beginne des Baues der Kapelle und bei ihrer Erweiterung, so zeigten die Luxemburger auch zur Ausschmückung und Ausstattung derselben die lobenswertheste Freigebigkeit. Noch heute wird im Archiv der Liebfrauenkirche ein Register aufbewahrt, in welchem die bedeutenderen der unzähligen Geschenke, welche vom Jahre 1626 bis 1700 der Kapelle gemacht wurden, mit den Namen der Wohlthäter verzeichnet sind. Besonders gerne opferte man Wachskerzen und stellte sie vor dem Gnadenbilde auf: solche wurden nicht blos von einzelnen Personen, sondern auch von den Corporationen, von den Städten des Landes und selbst aus fernen Ländern her der Mutter Gottes geschenkt. Was nur immer zum Gottesdienste oder zur Verzierung der Kapelle nöthig war, wurde freigebigst herbeigetragen. Die Einen ließen neue Altäre in die Kapelle bauen, die Andern schenkten Altartücher, Kelche,

Ciborien, silberne und goldene Ampeln, silberne Blumen=
vasen 2c. Gräfinnen und Fürstinnen wetteiferten mit=
einander, um der Trösterin der Betrübten die schönsten
und geschmackvollsten Kleider zu verfertigen. Hochgestellte
Personen beraubten sich ihrer Kostbarkeiten, ihrer gol=
denen Ketten, diamantreichen Ringe, silbernen Bilder 2c.,
um sie der Mutter Jesu darzureichen. So sehr hatten
sich nach und nach die Opfergaben vermehrt, daß Alles
in Silber und Gold, Perlen und Edelsteinen prangte.

Besonders müssen noch erwähnt werden die zahl=
losen Anathemen oder Weihgeschenke, welche als Denk=
zeichen für empfangene Wohlthaten entweder am
Gnadenbilde selbst oder rings um den strahlenden
Altar aufgehängt wurden. Unter Anderen waren es
22 kostbare Kreuze, goldene und silberne Füße, Arme,
Hände, Herzen, welche von unleugbaren Wundern,
die an Kranken, Lahmen, Verstümmelten, Blinden
und andern Unglücklichen geschahen, zeugten. So sehr
hatte Maria diesen Ort durch ihre Wundergaben ver=
herrlicht, daß es unmöglich war, andere als goldene
oder silberne Weihgeschenke anzunehmen, weil sonst
deren Zahl übergroß geworden wäre!

B r u d e r s c h a f t. Um die Andacht zur Mutter
Gottes gegen die Feinde Gottes zu sichern und die
Verehrer der Trösterin der Betrübten mit einem engern
Bande an sie zu schließen, gründete Pater Brocquart
im Jahre 1652 eine Bruderschaft, welche von Papst
Innocenz X. gutgeheißen und mit verschiedenen Ab=
lässen bereichert wurde. Diese Bruderschaft bestand 140

Jahre lang und stiftete ungemein viel Gutes im
Lande. Welches die Ursache ihrer Aufhebung war und
woher es kommt, daß dem Gnadenbilde heute nur
der geringste Theil seines kostbaren Schmuckes übrig
geblieben ist, das werden wir in der Folge dieser
Geschichte sehen.

S ch l u ß. So war die Anbacht zur Trösterin der
Betrübten entstanden; so hatte sie in der Hauptstadt
und auf dem Lande tiefe Wurzeln gefaßt. „Die Gunst=
bezeigungen der Gottesmutter", sagt ein älterer Ge=
schichtschreiber, „hatten die Herzen Aller auf's Aeußerste
gerührt. Niemand konnte zweifeln, daß sich Maria
diesen Ort zu ihrer Wohnung auserwählt habe.
Luxemburg erkannte sein Glück; die Einwohner der
Stadt und des Landes konnten sich nicht glücklich ge=
nug schätzen, und die angrenzenden Länder vereinigten
sich mit ihnen, ihre herzliche Freude aller Welt bekannt
zu machen." Auch fand nicht nur das Volk Freude
daran, sich Abbildungen des Gnadenbildes zu ver=
schaffen, sondern es wurden auch Abbildungen desfel=
ben in fast allen Pfarreien des Landes zur Verehrung
ausgestellt. Und nicht nur im Luxemburger Lande,
sondern auch in den Niederlanden, im Trier'schen und
in Frankreich wurden Abbildungen des Muttergottes=
Bildes von Luxemburg verehrt. Auch das so berühmt
gewordene, wunderthätige Bild von Kävelaer in Gel=
bern ist nur eine Abbildung des Gnadenbildes von
Luxemburg, welche schon gegen die Mitte des 17. Jahr=
hunderts dorthin gebracht wurde.

Zweiter Abschnitt.

Maria, die Trösterin der Betrübten, wird zur Patronin der Stadt erwählt.

Kriegsplagen. Während in Luxemburg die Wallfahrt zum Gnadenbilde der Trösterin der Betrübten auf wunderbare Weise entstand und unter froher Begeisterung der frommen Luxemburger sich rasch verbreitete, da sammelten sich über der armen Stadt die Wolken eines furchtbaren Kriegssturmes. Das Luxemburger Volk war seit Karl's des Kühnen Tode die mächtigste und treueste Stütze des österreichisch=spanischen Hauses gewesen. Zwar hatten die Franzosen sich schon mehrmal der Stadt bemächtigt; aber so oft die französischen Heere durch die kaiserlichen wieder vertrieben wurden, schlossen sich die Luxemburger um so enger an ihren rechtmäßigen Herrn an. Am 19. Mai 1635 kündigte Ludwig XIII. von Frankreich den Spaniern neuerdings den Krieg an. In diesem langen Kriege hatte wohl keine Provinz mehr zu leiden als Luxemburg, indem sich unglücklicher Weise Freund und Feind verbanden, um

ihr die empfindlichsten Schläge zu bereiten. Als näm=
lich Kaiser Ferdinand II. von Oesterreich im Jahre
1636 den General Colloredo mit einem Heere von
8000 Mann Croaten, Polen und Ungarn nach Luxem=
burg schickte, um von da aus in das französische Ge=
biet einzufallen, richtete dieser, anstatt Hülfe zu bringen,
nichts als Verheerung an. Aus Irrthum nämlich hielt
er die Mosel für die Maas und glaubte sich nach dem
Uebergange über jene auf feindlichem Gebiete; und
nun fingen seine wilden Horden an, zu plündern, zu
verbrennen und zu tödten. Auf der andern Seite
rückte der Herzog von Lothringen mit 7 bis 8000
Mann Franzosen ins Wallonische ein und richtete
gleichfalls die jämmerlichste Verwüstung an. Eine
Folge davon war schreckliche Hungersnoth und eine
so große Sterblichkeit, daß ganze Dörfer ausstarben
und in der Stadt die Todten ohne alle Ceremonie
haufenweise in große Gräben versenkt wurden.

Drohende Gefahr. Während nun die Fran=
zosen auf den Lerinsinseln, in Italien, in der Picardie
und in Lothringen über die spanischen Heere siegten,
rückte im Jahre 1637 der Marschall Chatillon gegen
Luxemburg vor, um eine Stadt nach der andern zu
erobern. Schon war die Abtei von Orval auf bar=
barische Weise geplündert und verbrannt worden, schon
waren die Städte Dampvillers, Ivoix, und nach der
für die Spanier so unglücklichen Schlacht von Rocroy
vom Jahre 1643 auch Thionville und Montmedy in
die Hände der Franzosen gefallen. Die Einwohner

von Arlon waren in großer Furcht, und da auch dort
seit längerer Zeit ein Muttergottesbild, welches eine
Abbildung der Muttergottes von Luxemburg sein soll,
unter großem Volkszudrange verehrt wurde, so erwählte der fromme Magistrat von Arlon am 1.
Mai 1655 die Muttergottes zur Patronin und Beschützerin
der Stadt, und Arlon blieb wirklich von jeder Belagerung und jeder Plünderung wunderbar verschont.
Doch die größte Gefahr drohte Luxemburg, der Haupt-
festung des Herzogthums. Es mußte dem Feinde an
deren Einnahme besonders viel gelegen sein, da sie
gleichsam der Schlüssel zu den übrigen Städten und
Burgen des Landes war.

Sichtbare Beschützung. Der junge König
Ludwig XIV., oder vielmehr sein Minister Mazarin,
gebrauchte zuerst Versprechungen und Drohungen, und
da diese bei den treuen Luxemburgern nichts ausrich-
teten, wurde auch schon Befehl gegeben, die Festung
zu belagern. Da wandten sich die Luxemburger mit
inständigem Bitten und Flehen an die erhabene Mutter
Gottes, die Trösterin der Betrübten, und die Trösterin der Betrübten hat ihr Gebet erhört und den mächtigen Arm ihres Schutzes über die Stadt ausgebreitet.
Wie durch ein Wunder entging sie der Raubgierde
der Franzosen. „Man konnte sich nicht genug wundern, sagt P. Wiltz in seiner Geschichte des Gnadenbildes, daß eine Stadt mitten in der Brunst nicht
beschädigt wurde. Der Feind selbst konnte nicht be-
greifen, wie eine Stadt, an welcher ihm so viel gele-

gen und welche zu belagern er wiederholt beschlossen, ihm entgangen wäre. Denn so oft er diesen Plan ge= faßt, fiel immer etwas ein, was ihn an der Ausfüh= rung hinderte; bald war kein Befehl da, die Stadt anzugreifen, bald fielen nach ergangenem Befehle un= vorgesehene, unüberwindliche Hindernisse ein. Dieses schrieb Jedermann dem Schutze Mariä zu."

Frommer Entschluß. Da nun die spanischen Heere auf allen Seiten aufgerieben wurden, mußte der König Philipp IV. im Jahre 1658 Frieden schlie= ßen, in Folge dessen aber Luxemburg, während viele der benachbarten Städte und Burgen den Franzosen überlassen werden mußten, den Spaniern blieb. So war nun auch wieder Ruhe in's Land gekommen. Aber sie dauerte nicht lange; denn schon im Jahre 1665 mußte Ludwig XIV. wieder einen Vorwand zu finden, um den Krieg neuerdings zu beginnen. Da stieg die Furcht und Angst bei den ruheliebenden Bürgern Luxemburgs, denen die früheren Gefahren noch in frischem Gedächtnisse waren, auf's Höchste. Man kam überein, sich auf besondere Weise unter den Schutz der Jungfrau Maria zu stellen, und sie, dem Beispiele der Stadt Arlon gemäß, feierlich zur Pa= tronin der Stadt zu erwählen. Diese Wahl bedurfte aber der Einwilligung des königlichen Rathes. Der allgemein verehrte P. Alexander Wiltheim, welcher da= mals Direktor der Wallfahrtskapelle war, richtete da= her ein Schreiben an den königlichen Rath von Luxem= burg, in welchem er ihn in den überzeugendsten Aus=

brücken aufforderte, dem Magistrate von Arlon gleich,
Maria, die Trösterin der Betrübten, durch deren Fürsorge die Stadt bisher wie durch ein Wunder von
der Belagerung verschont geblieben sei, durch einen
öffentlichen Akt zur Schuhpatronin der Stadt zu erwählen und sich für immer zu verpflichten, ihr als
solcher zu huldigen und zu dienen.

Der damalige Gouverneur, Prinz von Chimay,
nahm die Sache nicht nur mit Freuden auf, sondern
sah es auch als eine besondere Gnade an, daß sich
unter seiner Statthalterschaft ein der göttlichen Mutter
so glorreiches und dem Herzogthume so vortheilhaftes
Ereigniß zutragen sollte. Desgleichen der Vorsteher
und die Senatoren des königlichen Rathes. Als sich
daher der königliche Rath am 27. September 1666
versammelt hatte, wurde folgende Erklärung einstimmig gegeben: „Die Herren Gouverneur,
Vorsteher und Senatores des königlichen Rathes zu Luxemburg stimmen
hiezu gänzlich bei und erwählen die
allerseligste Jungfrau zur Patronin
dieser Stadt, und erklären und ver-
künden dieselbe als solche, sowohl für
sich als für ihre Nachfolger." Diesem lob-
würdigen Beispiele folgten am 5. Oktober auch der
Magistrat und die Clerisei.

Der Vorabend. Am 9. Oktober 1666 wurd
die Feierlichkeit der Erwählung eröffnet, indem man
das Gnadenbild aus der Kapelle in die Jesuitenkirche

trug. Zwei oder brei Tage vorher hatte es anhaltend geregnet, unb am Tage selbst, wo man sich anschickte, prozessionsweise nach ber Kapelle zu gehen, erhob sich bazu ein starker Wind, während der Himmel ganz mit schwarzen Wolken bebeckt war. Man wollte baher anfangs die Feierlichkeit auf einen andern Tag ver= legen. Allein das Vertrauen auf bie heilige Jungfrau siegte. Muthig schritten die Schüler des Collegiums voran, das Volk schloß sich an unb ber Zug war in Bewegung. Als man zur Kapelle kam, hörte der Re= gen auf, ber Wind legte sich unb das Gnabenbild konnte in seinem schönsten Schmucke ohne weitere Ueberbeckung in bie Stadt hineingetragen werden. An ber Spitze bes Zuges kamen die Studenten, dann bie Zünfte mit brennenden Fackeln unb hinter ihnen bie Jesuiten = Patres. Von diesen gleichsam als ben Wächtern bes Heiligthums umringt, schwebte unter seibenem Traghimmel das glorreiche Gnabenbild; ihm folgten bie königlichen Beamten, der Magistrat unb eine zahlreiche Volksmenge von nah unb fern. Besonders erbauenb war die würdige Haltung Ihrer Excellenz ber Prinzessin von Chimay, welche ungeach= tet bes schlechten Wetters hinter bem Gnabenbilde mit einer brennenden Wachskerze in ber Hand folgte. Ein majestätisches Kanonenbonnern begrüßte die Mutter Jesu bei ihrem Eingang in die Stadt, unb unter dem freubigen Geläute aller Glocken begleitete bie anbäch= tige Volksmenge ben Zug bis in bie Kirche. Kaum hatte man sich in der Kirche versammelt, als sich ber Regen wieder gewaltig über die Stadt ergoß. Das

Gnadenbild wurde auf einem prächtig verzierten Altare, welcher in der Mitte des Chores vor dem Hochaltar stand, niedergesetzt. So hatte die Mutter Gottes, sagt P. Wiltz, die Stadt gleichsam in Besitz genommen und ihren Fuß, wie man zu sagen pflegt, hineingesetzt. Das Volk, hocherfreut unter dem Schutze einer so mächtigen Patronin zu stehen, zündete viele Wachslichter vor dem Gnadenbilde an, und Viele blieben, selbst nach dem Schlusse der Andacht, bis spät in die Nacht betend vor dem Gnadenbilde.

Der Tag der feierlichen Erwählung. Der folgende Tag, der 10. Oktober 1666, welcher einer der merkwürdigsten Tage werden sollte, die Luxemburg je gesehen, war hell und klar wie mitten im Sommer. Die Glocken der Stadt verkündeten früh Morgens die Freude der Feierlichkeit, wodurch die Stadt Luxemburg der Mutter Jesu für jetzt und für immer huldigen sollte. Um 9 Uhr verfügte sich Seine Excellenz der Prinz von Chimay, umgeben von seiner Leibwache und begleitet von dem Grafen von Fürstenberg, dem Markgrafen von Gonzaga, dem Grafen von Beaumont, von vielen Adeligen, Kriegsoffizieren, dem Stadtrathe und den königlichen Beamten in die festlich verzierte Kirche. Als nun die höchsten Persönlichkeiten, welche Luxemburg damals besaß, zu den Füßen der Trösterin der Betrübten versammelt waren, erschien der Hochwürdige Prälat von St. Maximin, umgeben vom Stadtmagistrate, der ihn mit brennenden Fackeln in der Hand zum Altar führte. Das feierliche

Hochamt begann. Nach dem Evangelium bestieg der
Festprediger die Kanzel und sprach über die Ehre und
den Nutzen den sich Luxemburg von der bevorstehen=
den Wahl zu versprechen habe. Nach der Predigt las
er das Gelöbniß mit lauter Stimme vor: „Heilige
Maria, Mutter Jesu, Trösterin der
Betrübten! Wir Gouverneur, Präsi=
dent, Rath, Richter und Schöffen sammt
allen Bürgern und Einwohnern dieser
Stadt Luxemburg, erwählen Dich am
heutigen Tage, in unserm und unserer
Nachkommen Namen, zu unserer Gebie=
terin und Schutzfrau, und nehmen uns
festiglich vor, diese Huldigung, wodurch
wir uns Dir selbst aufopfern, inskünf=
tig alle Jahre vor Deinem Bilde zu
erneuern. Deswegen bitten wir Dich
auf das Demüthigste, Du wollest uns
unter Deinen Schutz und Schirm auf=
nehmen und uns beistehen zur Zeit
des Krieges, der Pestilenz und in all'
unsern Nöthen und Widerwärtigkei=
ten." Das ganze Volk antwortete herzensfreudig
und gleichsam mit einer Stimme: Amen. Nach
dieser Huldigung wurden der erwählten Schutzpatro=
nin auch die Schlüssel der Stadt unter dem Geläute
der Glocken und dem Donner der Kanonen feierlich
überreicht und angehängt. Desgleichen eine silberne
Platte, auf welcher die Inschrift stand:

Im Jahre 1666, am 10. Oktober,
hat die Stadt Luxemburg Maria
die Mutter Jesu, die Trösterin
der Betrübten, zu ihrer Patronin
erwählt, und deſſen zum ewigen
Gebächtniſſe dieſes Denkmal auf=
gehängt.

Der Triumphzug. Am Nachmittage wurde
die Beſchützerin der Stadt wie im Triumphzuge nach
der Kapelle zurückbegleitet. Mit einem Scepter in der
Hand und einer Krone auf dem Haupte wurde die
Mutter Jesu auf einem prächtigen Triumphwagen von
reich ausgeſtatteten Roſſen durch die Straßen geführt.
Unter den vielen Patres, welche das Gnadenbild um=
gaben, war leider der vielverdiente P. Brocquart nicht
zu ſehen, da der Herr ihn bereits vor ſechs Jahren
aus dem Irdiſchen in's Ewige abgerufen hatte. Auch
an dieſer Prozeſſion nahmen die anſehnlichſten Wür=
benträger der Stadt Antheil. Den feierlichen Zug ſchloß
eine unabſehbare Volksmenge, dergleichen man in
Luxemburg noch nie geſehen hatte. Um den Zug zu
verſchönern und der Andacht der Gläubigen Ausdruck
zu verleihen, waren an mehreren Orten der Stadt,
namentlich am Stadthauſe, in der Großſtraße und am
Rathhauſe ſinnige ſymboliſche Darſtellungen aufgerich=
tet worden. Nach der Rückkehr des Zuges in die Je=
ſuitenkirche wurde die Feier des großen Tages mit
einem begeiſterten Te Deum beſchloſſen.

Die erſte Muttergottesoctav. Um dem

Wunsche der Bürger zu entsprechen, veranstalteten die Patres an jedem der acht darauffolgenden Tage sowohl Vor= als Nachmittags einen besonders feierlichen Gottesdienst. Jeden Tag war es ein besonderer Stand, welcher das Hochamt singen ließ und demselben feierlich beiwohnte. Besonders zu bemerken war, daß bei diesen Feierlichkeiten der Prinz von Chimay selten, die Prinzessin aber nie fehlte, und daß sich überhaupt in der Verehrung der Trösterin der Betrübten die Vornehmsten der Stadt am meisten hervorthaten.

Am Abende des achten Tages bildete den Schluß der Octavfeierlichkeit eine Prozession um die Kapelle. — Dieses ist der Ursprung jener berühmten Muttergottesoctav in Luxemburg, welche zuerst alljährlich im Oktober und dann vom vierten bis fünften Sonntage nach Ostern stattfand, und mit einigen wenigen Ausnahmen ununterbrochen bis auf unsere Zeiten fortbestanden hat.

Hülfe aus der Noth. Bald empfand auch Luxemburg die Folgen der treuen Fürsorge seiner Patronin. Nachdem Ludwig XIV. im Jahre 1667 den Krieg wieder begonnen und schon mehrere Plätze eingenommen hatte, sollte Luxemburg in demselben Jahre noch durch Verrath fallen. Ein Theil der Stadt sollte unterminirt und in die Luft gesprengt werden und die Franzosen, den Augenblick der Verwirrung benutzend, in die Stadt eindringen. Ein Garten, den der Verräther am Fuße des Schloßthores besaß, ward

zur Ausführung des Planes bestimmt. Doch die Ver=
rätherei wurde auf seltsame Weise glücklich entdeckt,
der Verräther, Peter Pillard, ein Franzose, ergriffen
und nach Verdienst bestraft.

Die Bürger erkannten hierin die treue Fürsorge
ihrer mächtigen Schützerin und schenkten derselben,
zum Danke für die glückliche Errettung, am Jahres=
tag der feierlichen Erwählung einen kostbaren Schlüs=
sel aus purem Golde.

Der Feind rückte indeß immer näher heran. Das
Gnadenbild wurde in die Festung gebracht, und als
am Feste der Unbefleckten Empfängniß Mariä die be=
ängstigten Bürger vor dem Gnadenbilde dem Hochamte
beiwohnten — denn ein solches wurde während acht
Tagen täglich gehalten, um den Schutz Mariä auf die
Stadt herabzuflehen — standen die Franzosen in der
Gegend von Bettemburg, einige Stunden weit von
der Stadt. Schon setzten sich die Truppen zum An=
griffe in Bewegung. Da ergoß sich ein so gewaltiger
Platzregen über die Gegend, daß die kaum einige
Schritte breite Alzette ganz unvermuthet wie eine neue
Sündfluth aus ihrem Ufer hervorbrach und gleich
einem Meere das ganze umliegende Land so hoch un=
ter Wasser setzte, daß der Uebergang ganz unmöglich
war. So blieb Luxemburg auch dieses Jahr wieder
frei und unangetastet, bis endlich im Jahre 1668 der
Friede geschlossen wurde, demgemäß Spanien die Stadt
Luxemburg behielt.

Schluß. Bald nach geschlossenem Frieden, am

26. Mai 1668, wurde die getroffene Wahl der Trö=
sterin der Betrübten zur Patronin der Stadt vom
Herrn Weihbischof von Trier bestätigt und durch ein
Dekret vom 24. November desselben Jahres von der
Congregation der Kirchengebräuche gutgeheißen. Auch
wurde diese Wahl in der Folge jedes Jahr während
der Octav feierlich erneuert (Wahlerneuerung).

Diese Wahl ist das große Ereigniß, dessen zwei=
hundertjähriges Andenken in diesem Jahre 1866 ge=
feiert wurde.

Durch dieses ewig denkwürdige Ereigniß erhielt
die Verehrung der Trösterin der Betrübten einen
ganz eigenen Charakter von tief erfaßter Frömmig=
keit und echt christlichem Patriotismus. Indeß ward
dieser Act erst vervollständigt durch die bald darauf
erfolgte Erwählung Mariä zur Patronin des ganzen
Landes.

Dritter Abschnitt.

Die Trösterin der Betrübten wird zur Patronin des ganzen Landes erwählt.

Der Act der Erwählung. Im Jahre 1675 rückten die französischen Kriegsheere schon wieder in's Land ein. Doch hatte Luxemburg in diesem neuen Kriege wenig zu leiden: die meisten Städte hielten sich fest, und das Land blieb von französischer Herrschaft abermals frei. So hatten die Stadt und das Land schon seit 40 Jahren, seitdem nämlich der Krieg Frankreichs mit Spanien begonnen, den offenbaren Schutz der Trösterin der Betrübten empfunden. Die Thatsache ging allen so zu Herzen, daß am 6. Oktober 1677 in der Generalversammlung der drei Stände[1]) von den Deputirten die Frage aufge-

---

[1]) Die Landstände waren aus drei Kammern zusammengesetzt: der der Geistlichen, der Adeligen und des dritten Standes oder Bürgerstandes. Alle drei Stände mußten zuerst zusammentreten, um einen Punkt als Gegenstand der Berathung zu bestimmen; dann hatte jede Kammer einzeln darüber zu berathschlagen. Die Stimmenmehrheit entschied, und stimmten bei einer Generalversammlung über einen Gegenstand zwei Kammern überein, so hatten sie das Uebergewicht.

2

worfen wurde, ob es nicht, theils als Beweis des
Dankes für die von der Trösterin der Betrübten
empfangenen Wohlthaten, theils als Bitte um fernern
Beistand in den fortwährend drohenden Gewittern der
Zeit, ersprießlich sei, selbige, dem Beispiele der Haupt=
stadt gleich, als Schutzpatronin des ganzen Lan=
des, nämlich des Herzogthums Luxemburg und der
Grafschaft Chiny, zu erwählen. Der Vorschlag wurde
von jedem Stand insbesondere, dann von allen dreien
zugleich einstimmig angenommen und den Deputirten
selbst der Auftrag ertheilt, für die Vorbereitungen
zur Feier dieser Erwählung zu sorgen, was diese auch
mit eben so viel Geschick als Bereitwilligkeit thaten.
Am 20. Februar des folgenden Jahres fand die feier=
liche Erwählung statt.

Das Gnadenbild befand sich, da der Krieg noch
nicht ganz aufgehört hatte, innerhalb der Festung in
der Jesuitenkirche. Nun wurde vor demselben acht
Tage nacheinander Vormittags ein musikalisches Hoch=
amt, und Nachmittags ein feierlicher Segen abgehal=
ten, wobei alle Richter der Stadt und alle Deputirten
der drei Stände sich andächtig einfanden. Am achten
Tage, dem 20. Februar, wurde eine 60pfündige,
schön verzierte Wachskerze und eine 3pfündige silberne
Platte geopfert mit folgender Inschrift:

„Die Stände der Provinz Luxem=
burg haben Maria, die Mutter Jesu,
die Trösterin der Betrübten, zu ihrer
Patronin erwählt, und dessen zum

ewigen Andenken diese Tafel aufge=
hängt, am 20. Februar 1678.

Dieselbe Feierlichkeit wurde auf Betrieb des
Clerus und zur Freude des gesammten Volkes, in
jeder Pfarrei und namentlich in jeder Stadt wieder=
holt; denn diese allgemeine Widmung war nothwen=
dig, damit die Erwählung vom hl. Vater bestätigt
würde. Hierauf wurde der Erwählungsakt von den
Landständen abgefaßt und von den respektiven Schrei=
bern der Städte im Auftrage der Magistrate unter=
zeichnet. Diese merkwürdige Erwählungsurkunde lau=
tete folgendermaßen:

„Der Magistrat der unterzeich=
„neten Städte des Herzogthums
„Luxemburg und der Grafschaft
„Chiny zum ewigen Andenken der
„Wahl Mariä, der Mutter Jesu,
„der Trösterin der Betrübten, zur
„Patronin des Herzogthums Lu=
„xemburg und der Grafschaft
„Chiny.

„Seit bereits vierzig Jahren hat die erha=
„bene Königin des Himmels, welche in der, dem
„Collegium der Gesellschaft Jesu zugehörigen,
„nahe bei der Stadt Luxemburg gelegenen Ka=
„pelle unter dem Titel Maria, der Tröste=
„rin der Betrübten, mit großem Zulaufe
„des Volkes und mit großer Verehrung und
„Andacht angerufen wird, das Herzogthum Lu=

„xemburg und die Grafschaft Chiny fortwährend
„mit so vielen und ausgezeichneten Begün=
„stigungen, Gnaden, Wundern und andern so=
„wohl einzelnen als allgemeinen Beweisen ihrer
„Güte und Ihres besondern Schutzes überhäuft,
„verherrlicht und ausgezeichnet: daß alle Ein=
„wohner des Herzogthums und der Grafschaft sie
„mit Recht als ihre besondere Beschützerin und
„Trösterin anerkannt haben und anerkennen und
„es ihrem Schutz und Schirm zuschreiben, daß,
„während die benachbarten Provinzen von den
„Stürmen und Wirren des Krieges elendiglich
„verheert wurden, und während ihre Städte in
„die Hände der Feinde geriethen, Luxemburg nicht
„einmal bekämpft wurde, und sowohl das Her=
„zogthum als die Grafschaft, von so vielem Unheil
„und so vieler Widerwärtigkeit auf eine besondere
„Weise verschont, noch heute unter der Herrschaft
„ihres Königs fortbestehen. Da es sich also da=
„rum gehandelt hat, Maria, die Mutter
„Jesu, die Trösterin der Betrübten,
„als Patronin des Herzogthums und der Graf=
„schaft zu erwählen, so war unter Uns und Un=
„serm Volke eine so allgemeine und zuvorkom=
„mende Uebereinstimmung, daß Wir Alle diese
„Wahl gleichsam mit Einem Gemüthe und Einem
„Herzen gebilligt und feierlich vorgenommen
„haben. Und damit an der von der hl. Congre=
„gation der Kirchengebräuche vorgeschriebenen

„Form nichts abginge, haben Wir, der Magistrat
„der unterschriebenen Städte des Herzogthums
„Luxemburg und der Grafschaft Chiny Unseres
„respektiven Volkes geheime Stimmen gesammelt,
„und bezeugen hiemit, Jeder einzeln, durch diesen
„öffentlichen Akt, daß Wir diese Wahl durch
„Unsere und Unseres Volkes Stimmen verlan=
„gen, bestätigen, und wenn es nöthig sein sollte,
„wiederholen. Weßhalb Wir Maria, die
„Mutter Jesu, die Trösterin der
„Betrübten in Unserm, Unserer Städte und
„Unserer Nachkommen gemeinschaftlichem Namen
„neuerdings als Herrin, Patronin und ewige Be=
„schützerin des Herzogthums Luxemburg und der
„Grafschaft Chiny anerkennen und erwählen.
„Ueberdieß genehmigen Wir in Unserm und Un=
„serer Städte Namen, was von den Ständen der
„obengenannten Staaten bisher für diese Wahl
„festgesetzt und angeordnet worden ist, als wenn
„es aus Unserm und Unserer Städte ausdrück=
„lichem Verlangen und Zugeständniß wäre fest=
„gesetzt und angeordnet worden — und ertheilen
„ihnen alle Vollmachten, um sowohl im gemein=
„schaftlichen Namen Maria, die Mutter
„Jesu, die Trösterin der Betrübten,
„als Herrin, Patronin und ewige Beschützerin zu
„erwählen, als auch um all Dasjenige festzusetzen
„und anzuordnen, was zur Gültigkeit, Kraft,
„Dauer und Feierlichkeit, zur Bestätigung und

„Bekräftigung dieser Wahl führen und verhel-
„fen sollte. Dessen zur Beglaubigung, zur Be-
„kräftigung und zum Zeugnisse haben Wir Un-
„sern Schreibern befohlen, diesen öffentlichen, über
„Unsere getroffene Wahl ausgefertigten Akt mit
„ihrer gewöhnlichen Unterschrift und mit dem
„Siegel Unserer Städte zu versehen."

(Nun folgen die Unterschriften.)

Vorbereitungen zum Feste. Die Deputirten unterwarfen nun die ganze Angelegenheit den
beiden Ordinariaten, zu denen das Land gehörte[1]), und sandten, als diese ihre Einwilligung und
Zustimmung gegeben, alle authentischen Schriften dem
hl. Vater nach Rom. Dem Gesuche wurde gnädigst
willfahrt, und durch ein Rescript vom 6. Mai 1679
genehmigte die Congregation der Riten alle Wünsche
der Deputirten. Auch wurde bei dieser Gelegenheit
der vollkommene Ablaß, welcher im Jahre 1677 für
den Tag der Wahlerneuerung und auf sieben Jahre
verliehen worden war, auf alle Tage der Oktav der
bevorstehenden Erwählungsfeierlichkeit ausgedehnt und
auf zehn folgende Jahre für den Tag der Wahlerneuerung gestattet[2]). Nun bereitete man sich darauf
vor, die Feier am 1. Sonntag des Monats Juli mit

---

[1]) Der deutsche Theil des Landes stand unter dem Bischofe von Trier, der wallonische unter dem von Lüttich.
[2]) Zur Gewinnung dieses Ablasses war, wie auch noch
heute, außer den gewöhnlichen Bedingungen des Empfanges
der hl. Sakramente, auch die des Besuches des Gnadenbildes
in der Kapelle oder in der Jesuitenkirche erfordert.

aller möglichen Pracht zu begehen. Die Anordnung
des Festes, das Decret der Ablässe, sowie eine kurze
Beschreibung der Feierlichkeiten sowohl für den Tag
der Erwählung als für die darauffolgende Octav wur=
den bem Drucke übergeben und an die Pfarrer ber
ganzen Provinz verschickt. Die Väter der Gesellschaft
Jesu, namentlich ihre Scholastiker (Studirende), zeig=
ten sich außerordentlich beflissen, Alles herbeizuschaffen,
was ihnen prächtig genug und geeignet schien, das
Fest der erhabenen Landespatronin zu erhöhen. Aber
noch bereitwilliger waren die Luxemburger im Geben.
Mehrere Bürger stellten den Patres alle ihre Habe
zur Verfügung. Eine Dame, unzufrieden damit, daß
man von ihr nicht mehr verlangte, schickte ihr kost=
bares Schmuckkästchen mit ihren Juvelen, Diamanten,
2c. an ben Ort hin, wo, wie sie gehört, einige Kinder
zum Feste geschmückt werden sollten. Mit ben gemach=
ten Geschenken wurden Verzierungen aller Art, Tri=
umphbogen, Schaubühnen, Altäre u. dgl. (im Ganzen
nicht weniger als 200) angefertigt. Die erlauchte
Prinzessin von Chimay, Maria C a r d e n a s, selbst
wollte die Ehre haben, das Gnadenbild an= und aus=
zukleiden und mit ihren eigenen Kostbarkeiten zu
schmücken. Der Werth, den das Bild an sich trug,
mag sich auf mehr als 200,000 Franken belaufen
haben.

D e r H u l d i g u n g s t a g. Als bie heiß ersehnte
Stunde herannahte, wo das Land die Trösterin der
Betrübten feierlich zur Patronin erwählen sollte, wogte

eine ungeheure Volksmenge nach der Jesuitenkirche.
In der Mitte der Kirche stand auf einem prächtigen
Altare das in Gold und Edelsteinen prangende Gna=
denbild. Vor demselben hatten sich innerhalb der Ver=
zäunung der Prinz von Chimay, der Provinzialrath
und die Deputirten der drei Stände versammelt. Alle
brannten vor Begierde, sich und ihr Vaterland unter
die Herrschaft der triumphirenden Himmelskönigin zu
stellen.

Der Celebrant schreitet zum Altare, um die hei=
lige Opferhandlung vorzunehmen. Vor ihm trägt ein
Jüngling das große Wappenschild der Provinz. Sechs
und zwanzig andere Jünglinge folgen ihm mit bren=
nenden Fackeln nach; achtzehn von ihnen tragen die
Wappen der 18 Städte der Provinz, die übrigen die
Wappen der acht Deputirten; auch die Insignien der
Landstände werden zum Altare gebracht. Endlich er=
scheint mit glänzender Umgebung der Hochwürdigste
Hr. d'Anethan, Weihbischof von Trier.

Nach dem Offertorium bestieg ein Pater aus der
Gesellschaft Jesu die Kanzel, und nachdem er Einiges
über das Fest (Mariä Heimsuchung), welches die Kirche
eben an jenem Tage feierte, gesprochen, las er das
Bestätigungsschreiben der Congregation der Riten, von
dem wir oben gesprochen, laut vor und begann dann,
sich sammt dem Volke auf die Kniee werfend, im
Namen des Landes das Huldigungsgebet:

„Heilige Maria, Mutter Jesu, Trösterin der
„Betrübten! Wir, Gouverneur, Präsident und
„königlicher Rath im Namen des ganzen Landes,

„wie auch wir, Richter und Schöffen dieser Stadt
„Luxemburg sammt allen Bürgern und Einwoh=
„nern, erwählen Dich heute i n u n s e r m u n d
„a l l e r u n s e r e r N a c h k o m m e n N a m e n
„zu unserer gnädigen Beschützerin — und nehmen
„uns auf das Kräftigste vor, Dich jederzeit als
„solche anzuerkennen und zu verehren. Deshalb
„bitten wir Dich bemüthigst, Du wollest uns
„unter den Schutz und Schirm Deiner Barm=
„herzigkeit aufnehmen und uns durch Deine trost=
„reiche Hülfe in allen Gefahren des Krieges, der
„Theuerung und der Krankheiten, wie auch in
„allen Widerwärtigkeiten beispringen, und uns
„nimmer in unsern Nöthen, besonders des Todes,
„verlassen."

Unter Thränen inniger Rührung antworteten die
Versammelten : Amen, Amen! Der Schall der Instru=
mente und der Donner der Gewehre und Kanonen
verkündigte draußen, was in der Kirche geschehen.
Von schönem Wetter begünstigt, zog nun die Prozes=
sion durch die von einem leichten Regen kurz vorher
befeuchteten Straßen. Die Menge der Triumphwagen,
Ehrenpforten und Schaubühnen, welche die frommen
Bürger zu Ehren der Landespatronin errichtet, der
unglaubliche Zulauf des Volkes, die erbauende Theil=
nahme der Abgeordneten der 18 Städte, kurz Alles
war so erhaben, daß dieser Triumphzug wohl der
schönste genannt werden kann, den Luxemburg je ge=
sehen. Eine ausführliche Beschreibung desselben ist bis

auf uns gekommen; ich kann sie aber nicht mittheilen, weil sonst dies Büchlein zu ausgedehnt würde. Die **Triumphwagen** stellten die Erwählung der Landespatronin und die daraus entspringenden glücklichen Folgen vor, die **Schaubühnen** sinnbildeten die Ursachen der Erwählung und ihre kirchliche Bestätigung. Alles war auf das Sinnreichste und Glänzendste zugerichtet.

Heilsame Früchte. So glänzend diese Feierlichkeit im Aeußern gewesen, eben so heilsam waren die Früchte derselben im Innern der Herzen. Schon am Samstage vor dem Feste waren die Beichtstühle in der Jesuitenkirche so umlagert, daß, wenn hundert und noch mehr Beichtväter vorhanden gewesen wären, sie der Menge der Büßenden nicht hätten genügen können. Bei den Patres Recollecten waren von Morgens früh bis Abends spät vierzig Beichtväter so vollauf beschäftigt, daß sie kaum Zeit fanden, ihr Brevier zu beten und einige Nahrung zu sich zu nehmen. Während der Octave wurden nicht weniger als 40,000 heil. Kommunionen ausgetheilt. Prozessionsweise wallten die Pilger aus den umliegenden Städten und Dörfern zum Gnadenbilde.

Schluß der Octav. Am letzten Tage der Octav zog man noch einmal mit der Fahne der Kapelle, den Bannern der Sodalitäten und der Städte zur Kapelle hinaus. Nach abgesungener Litanei trug der hochw. Herr Dekan von Luxemburg das Allerheiligste zu einem mitten in den Feldern aufgerichteten Altare, und segnete gegen die Stadt gewendet, das zahllos um ihn knieende Volk. — Wohl bedurfte das Volk des himmlischen Segens zur Stärkung in den stürmischen Zeiten, welche über dasselbe herein= brechen sollten!

**Marienverehrung und Patriotis=
mus.** Durch die beiden feierlichen Akte vom Jahre 1666 und vom Jahre 1679 hatten sich Stadt und Land Luxemburg unter den Schutz der allers. Jung= frau Maria gestellt und hatte die Andacht zur Trö= sterin der Betrübten in ihrem patriotischen Charakter ihren Glanzpunkt erreicht. Marienverehrung und Pa= triotismus waren in den Herzen der Luxemburger auf's Engste miteinander verschlungen und förderten sich gegenseitig. Die Verehrung der Mutter Gottes war nicht blos eine Privatsache der Gläubigen, son= dern eine öffentliche und allgemeine Angelegenheit des christlichen Volkes, eine S t a a t s a n g e l e g e n h e i t, beschlossen und ausgeführt durch die Stände des Lan= des und die Magistratspersonen der Städte, durch die höchsten königlichen Behörden und Gemeindevor= stände unter Mitwirkung der Obersten der Kriegs= mannschaft, und gab ihr namentlich die feierliche Pro= cession, womit die Fest-Octave von jeher beschlossen wurde, den Charakter einer H u l b i g u n g, darge= bracht der göttlichen Mutter, die, wie ihr göttlicher Sohn König und Herr aller Völker und Staaten ist, so auch selbst von allen Völkern und Staaten als ihre Herrin und Königin anerkannt zu werden verdient.

Diesen Charakter behielt die Verehrung der Trösterin der Betrübten während der 100 Jahre, welche auf die eben erzählte Festlichkeit folgten, in voller Kraft bei.

Neue Kriegsplagen. Mit Recht schrieben es unsere frommen Vorfahren der Fürsorge ihrer mächtigen Schutzpatronin zu, wenn sie von manchen Kriegsplagen, welche die Nachbarländer heimsuchten, verschont blieben oder weniger hart betroffen wurden : dafür liefert die Geschichte unseres Gnadenbildes auffallende Beweise genug. Die Befreiung von zeitlichen Uebeln war ein Beweggrund, welcher sie angetrieben hatte, sich unter den Schutzmantel Mariä zu flüchten. Sie mußten aber als erleuchtete Christen, daß die göttliche Vorsehung auch über Solche, die zu ihr flehen, zeitliche Uebel kommen läßt, weil sie weiß, daß dieselben zum ewigen Heile bienen können ; darum erwarteten die frommen Luxemburger nicht, von solchen Uebeln gänzlich befreit zu bleiben : Linderung des Uebels, Trost in der Betrübniß, Geduld zu verdienstlicher Ertragung der Leiden — das konnten sie mit Recht erwarten, und das erhielten sie auch. Der Krieg selbst brach bald wieder aus. Im Jahre 1681 erklärte Ludwig XIV. den größten Theil unseres Landes als zu Frankreich gehörig, und im Jahre 1682 rückte schon ein französisches Heer vor die Stadt, und als dieses durch die Tapferkeit und den Muth der mit den treuen Bürgern vereinigten spanischen Besatzung in die Flucht geschlagen worden, erschien im

Jahre 1683 ein anderes unter Marschall Crequi, um
die Stadt zu belagern. Das Gnadenbild wurde wie=
der aus der Kapelle in die Kirche der Jesuitenpatres
gebracht. Hier suchten die Bürger Trost, die Solda=
ten Muth, hier Alle unverbrüchliche Treue und Festig=
keit. Denn das wunderthätige Bild war, wie Bertholet
sagt, jetzt mehr als zu jeder andern Zeit der Gegen=
stand des Vertrauens sowohl der Garnison als der
Bürgerschaft. Auch unterließ die Gottesmutter nicht,
durch wunderbare Zeichen kund zu geben, daß sie
ihre Huld der frommen Stadt nicht entzogen habe.
Französische Soldaten sahen des Nachts die Kapelle
der Trösterin der Betrübten in einem hellglänzenden
Lichte stehen, das wie blitzende Strahlen sie umgab
oder wie ungeheures Feuer aus derselben empor=
flammte. Die heldenmüthige Standhaftigkeit und be=
wunderungswürdige Treue, welche die Luxemburger
bei dieser furchtbaren Belagerung an den Tag legten
und welche ihnen ein besonderes Belobungsschreiben
Königs Karl II. von Spanien (vom 2. Februar 1684)
verdient hat, darf daher mit Recht dem Vertrauen
zugeschrieben werden, welches sie auf ihre mächtige
Schutzpatronin setzten. Mit unsäglicher Frömmigkeit
und Andacht wurde die Muttergottesoctav und Pro=
zession selbst während der Belagerung gefeiert und
die W a h l der Trösterin der Betrübten zur Patronin
der Stadt unter Anwesenheit des Provinzialrathes
und des Stadtmagistrates e r n e u e r t. Am 4. Mai
1684 begann ein furchtbarer Kampf, wobei die

schwache, aber muthige Besatzung der Stadt sich, wenn auch nicht den Sieg, so doch eine ehrenvolle Kapitulation erfocht.

Das Gnadenbild befand sich zwei Jahre lang in der Kirche der Jesuitenpatres; im Triumphe wurde es wieder in die Kapelle getragen; der Prachtaufwand, den man bei dieser Gelegenheit machte, soll über 6000 Thaler gekostet haben — ein schlagender Beweis des aufrichtigsten Dankes gegen die glorreiche Patronin der Stadt und des Landes!

Vierter Abschnitt.

Verehrung der Stadt= und Landespatronin im achtzehnten Jahrhundert.

Kriegszeiten. Luxemburg war zwar der
französischen Herrschaft anheimgefallen; aber in Folge
der ehrenvollen und vortheilhaften Kapitulation genoß
es, während für die Nachbarländer das Schwert und
die Brandfackel immer fürchterlicher wütheten, der
ungestörtesten Ruhe, und erhielt Anfangs von König
Ludwig XIV. sogar ganz besondere Gunstbezeigungen.
Freilich nahm der König ihm bald nach und nach
seine Freiheiten und Privilegien weg; aber die fran=
zösische Herrschaft dauerte nicht lange : durch den Frie=
den von Ryswik (1697) kam Luxemburg wieder unter
die spanische Krone, und unter dieser fühlte es sich
glücklich. Nachdem nun durch eine sonderbare Wen=
dung der Dinge Frankreich sich mit Spanien vereinigt
und der Krieg zwischen diesen beiden Mächten einer=
seits und den Oesterreichern, Holländern, dem größten
Theile der Deutschen 2c. andererseits wieder begonnen
hatte, blieb Luxemburg, obgleich Grevenmacher, Re=

mich und Arlon hart heimgesucht wurden, von den
Unbilden des Krieges wunderbar verschont und fiel
nach Beendigung des Krieges der österreichischen Herr=
schaft zu. Von den „golbenen Zeiten" der österreichi=
schen Herrschaft wissen noch heute die alten Luxem=
burger mit Begeisterung zu erzählen. Glück, Ordnung
und Frieden kehrten wieder in das Land ein, und die
katholische Religion blieb rein und unversehrt. Wer
sollte wohl unter biesen Fügungen der göttlichen Vor=
sehung den Finger der Trösterin der Betrübten ver=
kennen, welche Luxemburg in all' biesen Kriegen,
Wirren und Unruhen wunderbar beschützte?

Der vollkommene Ablaß. Kein Wunder,
wenn die Anbacht zur Trösterin der Betrübten sich
um diese Zeit, und besonders nach beendigtem Kriegs=
tumult, immer kräftiger emporschwang. Bei Gelegen=
heit des Festes im Jahre 1678, als die Trösterin der
Betrübten zur Patronin des Landes erwählt worden,
hatte der Papst einen vollkommenen Ablaß auf alle
Tage der Octav während der Feierlichkeit der Erwäh=
lung und bann für zehn Jahre am Tage der Wahl=
erneuerung gestattet. Als die zehn Jahre verstrichen
waren, wandte sich, auf Betreiben des damaligen
Direktors der Kapelle, der Gouverneur, Marquis von
Boufflers, an Papst Innocenz XI. und bat ihn, in
Anbetracht der außerordentlichen Anbacht des jedes
Jahr bei Gelegenheit der Octav herbeiströmenben
Volkes, den vollkommenen Ablaß jährlich für acht
nacheinander folgende Tage (vom vierten auf den

fünften Sonntag nach Oſtern) und zwar auf ewig verleihen zu wollen. Dieſer ausgedehnte Ablaß wurde in der
That von Seiner Heiligkeit als ein beſonderes Privi-
legium geſtattet. Derſelbe trug nicht wenig dazu bei,
die Andacht zum Gnadenbilde der Tröſterin der Betrübten zu heben.

Wallfahrten zum Gnadenbilde der
Landespatronin. Ich ſagte: vom vierten auf
den fünften Sonntag nach Oſtern; denn zufolge eines
Dekretes vom Erzbiſchofe von Trier und eines anderen vom Biſchofe von Lüttich wurde die Muttergottesoktav ſeit dem Jahre 1679 nicht mehr im Oktober, ſondern vom vierten bis fünften Sonntag nach
Oſtern gefeiert, wahrſcheinlich weil dieſe Jahreszeit,
der ſchöne, bedeutungsvolle Maimonat, paſſender und
für die Landleute gelegener ſchien, wie denn auch ſeit
jener Zeit die Muttergottesoctav ungleich zahlreicher
beſucht wurde, als früher. Die Wallfahrer kamen,
nachdem die vertilgenden Kriege aufgehört, in immer
zahlreicheren Schaaren herbei, ihre Dankſagungen und
Gelübde beim Gnadenbilde zu entrichten. Man hörte
wieder auf allen Pfaden und Straßen das laute Beten, das frohe Singen der frommen Pilger. War
auch bei dem pyrenäiſchen Frieden ein großer Theil
des Landes an Frankreich abgetreten worden, ſo
fuhren doch die Pilger aus jenem Theile fort, eben
ſo eifrig zur Kapelle zu kommen, wie vorher, und
ihre Andacht hat ſich rühmlich bis auf die Nachkommen unſerer Tage vererbt. „In allen Widerwärtig-

keiten, in allen Bitterkeiten des Gemüthes," sagt ein
älterer Schriftsteller, „kam man zum hl. Gnadenbilde,
um da sein beklommenes Herz zu eröffnen, seine ge=
heimsten Gedanken, die Bestürzungen seiner Seele und
die Gebrechlichkeiten seines Leibes anzuvertrauen mit
der zuversichtlichen Hoffnung, von der gütigen Lan=
desmutter Hülfe und Trost zu erlangen. Das ganze
Jahr hindurch war die Kapelle von Andächtigen be=
sucht. So schlecht das Wetter auch sein mochte —
das war kein Grund, die Wallfahrt einzustellen.
So früh und so spät man zur Kapelle kam — im=
mer fand man Betende, Seufzende, Weinende." Be=
sonders groß war aber der Zudrang der Wallfah=
rer während der Octav. Nach den enormen Zahlen
der Pilger zu urtheilen, die man aus jener Zeit an=
gibt, muß beinahe das ganze Land herbeigeströmt sein.
Menschen von allen Ständen und Verhältnissen, Ge=
sunde und Leidende, Reiche und Bedürftige drängten
sich herbei; täglich kamen ganze Dörfer mit Kreuz
und Fahnen, laut betend und unter weit und breit
verschallendem Gesange zum Gnadenbilde hinzu. Die
Beichtväter der Stadt waren zusammen nicht im
Stande, der Menge derjenigen zu genügen, welche zu
beichten begehrten. Die Zahl der heiligen Kommunio=
nen war fast unglaublich; die Zahl der heil. Messen
allein reichte an 1400. „Umsonst", sagt derselbe Schrift=
steller, „versucht man es, die Andacht zu beschreiben,
welche sich bei der Muttergottesoctav kund gab. Wer
nicht selbst Augenzeuge gewesen, kann sich davon keinen

Begriff machen. Die Fremden geriethen, wenn sie der
Octav auch nur einen Tag beigewohnt, vor Staunen
fast außer sich und konnten kaum ihren eigenen Au=
gen trauen. Und wenn sie dann nach Hause zurück=
kehrten, gestanden sie mit Freudenthränen in den Au=
gen, daß ihre Erwartungen weit übertroffen worden
seien, und daß sie das Gesehene, Gehörte und Ge=
fühlte ihr Leben lang nicht vergessen würden.“ Kamen
zum Gnadenbilde, nur um Zuschauer zu sein, auch,
wie es sehr häufig der Fall war, verkommene Men=
schen, die bis dahin kein Strahl der Gnade erweicht
hatte, so wurden sie beim Anblick dieser nie gesehenen
Andacht gerührt, eröffneten ihr Herz den Einsprech=
ungen Gottes und wurden in ganz andere Menschen
umgewandelt. So geschahen Bekehrungen, W u n d e r
d e r G n a d e, ohne Zahl. Nicht das unbedeutendste
Wunder aber war, daß, trotz der bis in’s Riesenhafte
herbeiströmenden Volksmasse, während der langen
Jahre dieser vaterländischen Andacht nie eine Unord=
nung, nie ein Aergerniß vorkam, noch je von einer
Ausschweifung gehört wurde, ja daß kein lustiger
Zeitvertreib, keine Tänze, keine Bälle und dergleichen
die allgemeine Andacht entweihten. Der ernsthafte
und heilige Charakter, der das Nationalfest von An=
fang an auszeichnete, artete nie aus; Aller Herz und
Sinn war nur auf die würdige Verehrung der Got=
tesmutter gerichtet. Unsern frommen Vorfahren ge=
bührt das schöne Lob, das ihnen bereits der gelehrte
Feller gespendet, daß in keinem Lande eine so ernst=

hafte und heilige Feier bestand, wie diese, und daß
sich ihre Frömmigkeit auf den Leuchter stellte, an dem
sich die Mit= und Nachwelt höchlich erbauen mußte.
Wahrlich, Oesterreichs Milde und väterliche Regierung
im Bunde mit der immer tiefer wurzelnden Andacht
zur Trösterin der Betrübten kann mit Recht d a s
g o l d e n e J a h r h u n d e r t d e s L u x e m b u r=
g e r L a n d e s genannt werden.

A n o r d n u n g e n u n d V e r w a l t u n g. Sollte
ich in diesem Büchlein alle Einzelnheiten über die An=
ordnungen bei der jährlichen Muttergottesoctav, so
wie dieselben uns in höchst interessanter Weise von
den Geschichtschreibern unsers Gnadenbildes aufbewahrt
wurden, mittheilen, so würde ich weit über die Gren=
zen, die ich mir gezogen, hinausgehen. Nur einige
Punkte will ich kurz erwähnen, und zwar vorerst
den, daß man bei Anordnung des jährlichen Festes
besonders darauf bedacht war, demselben den Charak=
ter einer religiösen Staats= und Stadtangelegenheit
nicht zu benehmen. Daher auch stets formelle Einla=
dungsschreiben an den Gouverneur, den Präsidenten
und die Mitglieder des Provinzialrathes, den General=
prokurator und seine Substituten, und an alle Stadt=
magistratspersonen ergingen. Den Einladungen wurde
auch von den Beamten zur allgemeinen Erbauung
entsprochen. Die Verwaltung der Muttergotteskapelle
war gänzlich in den Händen der Jesuiten; denn sie
hatten. ja die Kapelle erbaut, die Andacht zum Gna=
denbilde belebt und erhalten, die Feierlichkeiten ange=

orbnet und von Jahr zu Jahr mehr entwickelt.
Ein eigener Direktor war mit den zeitlichen Geschäf=
ten betraut. Ein Theil der Register, Rechnungen,
Inventarien, Akten, Quittungen und Correspondenzen,
welche auf die Verwaltung der Kapelle Bezug haben,
wird noch heute im Archiv der Liebfrauenkirche auf=
bewahrt. Die Einnahmen bestanden aus den jährlichen
Einkünften der immobilen Kapellgüter, aus den Zin=
sen der Kapitalien, dem Opfer der Pilger, den Par=
tikulargeschenken und den verkauften Gegenständen;
sie beliefen sich z. B. in den Jahren 1660—1670
jährlich auf die für jene Zeiten verhältnißmäßig nicht
unbedeutende Summe von 1500 Gulden. Im Jahre
1754 wurde die Kapelle wieder gänzlich restaurirt.
Die Stiftungen der Kapelle waren reich genug, daß
jährlich das Fest der Kapellweihe und die 4 Haupt=
feste der Mutter Gottes nebst darauf folgenden Octa=
ven mit besonderer Pracht gefeiert werden konnten.
Die freiwillig herbei gebrachten Meßstipendien waren
so zahlreich, daß die Messen das Jahr hindurch bis
zur Mittagsstunde fortdauerten und dennoch nicht alle
in der Kapelle selbst, wie man begehrte, gelesen wer=
den konnten. Die Opferwilligkeit, mit welcher man
Anfangs dem Gnadenbilde Gold und Silber, Edelsteine
und kostbare Kleinodien zum Schmucke verehrte, hat
nachher nicht ab=, sondern immer zugenommen. Graf
von Elter schenkte der Trösterin der Betrübten sein
goldenes Blies, mehrere andere Personen aus hoch=
adeligem und selbst königlichem Geschlechte brachten

herrliche Geschenke zu dem Gnadenbilde der verehrten
Mutter Gottes.

Je allgemeiner der Eifer war, alles Mögliche
zur Hebung der Verehrung des Gnadenbildes aufzu=
bieten, desto größer war die Entrüstung, als man
hörte, daß in der Nacht des 2. Juni 1705 der Mut=
tergottesschatz von Dieben, welche sich unter der Thür=
schwelle einen Eingang gegraben hatten, bestohlen
worden sei. Glücklicher Weise hatte die mit der Klei=
dung des Gnadenbildes beauftragte Jungfrau die
besten Ornate Tags zuvor, wo sie gebraucht worden
waren, bei Seite geschafft, so daß der Werth des Ge=
stohlenen nur auf 500 Thaler geschätzt wurde.

**Muttergottesbilder und Medail=
len.** Den Abbildungen des Gnadenbildes, welche
man, wie zu Anfang gesagt ist worden, in allen Pfarr=
kirchen und Kapellen des Landes zur Verehrung auf=
gestellt hatte, wurde seit der Erwählung der Trösterin
der Betrübten zur Patronin des ganzen Landes, auch
überall der Schlüssel in die Hände gegeben. Wall=
fahrtsbildchen wurden in verschiedener Form, auf
Papier und Pergament, zu Tausenden im Lande ver=
breitet. Niemand war so arm im Lande, der nicht
ein Bildchen der Trösterin der Betrübten besessen
hätte. In ähnlicher Weise verhielt es sich mit den
Medaillen. Von beiden hatte die Fabrik der Kapelle
selbst einen Handel eröffnet und verkaufte in einem
Jahre oft nicht weniger als 17,000 Bilder.

Wirksamkeit der Bruderschaft. Die von P. Brocquart gestiftete marianische Verbrüderung nahm immer mehr an geistlicher Kraft zu und wirkte unsäglich viel Gutes; denn es ließen sich nicht nur Viele in das Register derselben einschreiben, sondern die Eingeschriebenen befolgten auch die auf Verbesserung und Heiligung des Lebens berechneten Statuten sehr genau. Wer nicht gesinnt war ein recht christliches Leben zu führen, konnte nicht Mitglied dieser Bruderschaft sein. Empfang der hl. Sakramente war die erste Bedingung zur Aufnahme. Nach der heiligen Beicht warf man sich entweder einzeln oder pfarreienweise vor dem heil. Gnadenbilde nieder, schwor nach einer bestimmten Formel allem Aber- und Irrglauben ab, betheuerte, in dem alleinseligmachenden Glauben leben und sterben zu wollen, und erwählte dann die Trösterin der Betrübten zur Beschützerin gegen alles Uebel sowohl des Leibes als der Seele. Durch die heilige Kommunion wurden diese Betheuerungen und Vorsätze besiegelt und geheiligt. Der Erwählungsakt wurde jährlich wenigstens einmal erneuert. Die Mitglieder der Bruderschaft gingen alle Monate einmal, oder wenigstens an allen Hauptfesten des Herrn und der Mutter Gottes zu den hl. Sakramenten; sie beteten, wo möglich, jeden Tag den Rosenkranz, und fünf Vater unser vor einem im Zimmer aufgestellten Bilde derselben. An den Rosenkranz hing der Sodale eine Medaille der Trösterin der Betrübten. In Bezug auf sittliches Betragen, Erfüllung der Standespflichten,

Treue und Redlichkeit waren die Mitglieder der Bruder=
schaft durch besondere Vorsätze und Versprechen gebun=
den. In allen Angelegenheiten und Geschäften, Gefahren
und Nöthen nahmen sie zu Maria ihre Zuflucht. Den
Hochämtern, welche für sie in der Kapelle und in den
einzelnen Dekanaten und Pfarreien gehalten wurden,
wohnten sie, wenn immer möglich, bei. So ward das
ganze Leben des Sodalen, der in dieser Bruderschaft
aufgenommen war, geheiligt; so konnte auch der Bru=
derschaftszettel, den man ihm mit in's Grab zu geben
pflegte, in der Wirklichkeit als Bürgschaft dafür gel=
ten, daß Gott ihm im andern Leben gnädig und
barmherzig sein werde.

O Luxemburger! wenn ihr so oft von der Treue,
der Redlichkeit und Gutmüthigkeit eurer Vorfahren
reden höret, so erinnert euch, welche Mittel sie ge=
braucht haben, um diese Tugenden zu pflegen! Wollet
ihr das, was ihr von ihrer Biederkeit geerbt habet,
bewahren, so übet die Religion aus, welche sie aus=
geübet haben!

Fünfter Abschnitt.

Wunderkraft der Trösterin der Betrübten in ihrem Gnadenbilde.

Wir haben zwar im Verlaufe dieser Geschichte der durch die Fürbitte der Trösterin der Betrübten geschehenen Wunder öfters sowohl im Allgemeinen als im Besondern Erwähnung gethan. Es wird dem Leser indeß angenehm sein, wenn wir ihm die vorzüglichsten derselben in diesem Abschnitt, der Zeitfolge nach kurz zusammengefaßt, vor Augen stellen. Hiebei bedauern wir zwar, der Kürze halber nicht alle Umstände anführen zu können, wodurch die Größe und Wahrheit der geschehenen Wunder, so wie auch der Beweis, daß sie auf die Fürsprache der Trösterin der Betrübten und in Beziehung auf die Verehrung ihres Gnadenbildes geschehen sind, deutlicher hervortritt[1]); indeß wird eben auch der Überblick, den eine

---

[1]) Ich verweise diejenigen meiner Leser, welche der französischen Sprache mächtig sind, namentlich was diesen Punkt anbelangt auf die in diesem Jahre erschienene Geschichte unseres Gnadenbildes von L. Küntgen aus der Gesellschaft Jesu.

kurzgefaßte Zusammenstellung gewährt, den gläubig-
katholischen Leser nicht ohne Eindruck lassen.

**Wunder, welche geschehen sind von
Erbauung der Kapelle im Jahre 1627 bis
zu deren Erweiterung im Jahre 1640.**

Im J. 1627 wurde das bereits vor 3 Stunden
gestorbene Kind von Johann Michelbuch wieder lebendig, als 12 Personen vor dem Leichnam knieend die
Litanei der Mutter Gottes beteten.

Im J. 1628 erhielt Mangin Metz von Luxemburg, während dessen Mutter in der Kapelle eine hl.
Messe lesen ließ und darin für ihren Sohn betete,
das Gehör wieder.

Im J. 1632 wurde die 60jährige Catharina
Welter, welche seit langen Jahren an einem Geschwür
am Beine litt, wieder gesund, einige Tage nachdem
sie in der Kapelle ein Bein aus Wachs geopfert
hatte.

Im J. 1634 wurde Johanna Freymann in der
Kapelle der Trösterin der Betrübten am rechten Auge
wieder sehend.

Im J. 1635 fiel der siebenjährige Anton Neu-
becker, während die Prozession zur Muttergotteskapelle
zurückkehrte, in einen 30 Fuß hohen Graben, ohne
die geringste Verletzung zu erhalten. Diese Rettung
des Kindes schrieb man allgemein dem Schutze der
Gottesmutter zu.

Im J. 1635 ward das dreijährige Kind der

Frau Wiltheim, Gattin des Justizsuperintendenten und königlichen Rathes, kurze Zeit nachdem die Mutter in der Kapelle für ihr Kind gebetet und ein wächsernes Bein geopfert hatte, von einem Geschwulst am Fuß geheilt.

Im J. 1636 ward ein anderes Kind derselben Frau Wiltheim, Namens Anna Marie, plötzlich von den Rötheln geheilt, während die Mutter mit ihrem Gemahle das Gelübde machte, eine Messe in der Muttergotteskapelle für das Kind lesen zu lassen.

Um dieselbe Zeit wurde Elisabeth Bennoit von gewaltigen Kopfschmerzen, an welchen sie 6 Monate hindurch gelitten hatte, befreit, als sie in der Kapelle eine Messe lesen ließ.

Im J. 1638 ward eine Frau, Namens Maria, welche seit 18 Monaten nur mehr auf Krücken gehen konnte und das Gelübde gemacht hatte, die Kapelle an drei aufeinanderfolgenden Freitagen zu besuchen, wieder gesund unterwegs, als sie für's zweite Mal sich nach der Kapelle begab.

In demselben Jahre wurde das dreijährige Kind Nikolaus, Sohn von Michael Coun, von einem sehr heftigen Fieber befreit, während dessen Eltern gelobten, in der Kapelle eine Wachskerze zu opfern. Das Kind wollte die Kerze selbst hinaustragen. Dies that es am andern Tage in der Frühe auf den Armen des Vaters, und das Kind ward frisch und gesund in die Arme der Mutter zurückgebracht.

Um dieselbe Zeit ward die mit faulenden Ge=

schwüren ganz bedeckte Johanna Bobange aus der Nähe von Longwy auf dem Wege nach dem Gnaden= bilde von Luxemburg wieder geheilt.

Im J. 1639 erhielt die gichtbrüchige und stumme Johanna Goudius, eine Tochter des Generalproku= rators des königlichen Rathes, nachdem sie ein Ge= lübde zu Ehren der allerf. Jungfrau gemacht und sich am Sonntag in der Octav in die Kapelle der Tröste= rin der Betrübten hatte tragen lassen, den Gebrauch ihrer Glieder und die Sprache wieder.

Wunder, welche geschehen sind vom J. 1640 bis zum J. 1647.

Im Jahre 1640 wurden von vielen Zeugen in der Kapelle oder um dieselbe herum wunderbare Licht= erscheinungen wahrgenommen.

Gegen das Jahr 1640 ward die seit 40 Jahren an verschiedenen Übeln leidende Petronilla Wolkringer, welche 10 Ärzte, die bisher ihre Kunst an ihr ver= sucht hatten, nicht heilen konnten, durch die Vermitt= lung der Trösterin der Betrübten, gesund, kurz nach= dem sie unter unsäglichen Anstrengungen die Prozes= sion nach der Kapelle mitgemacht und bei ihrer Rück= kehr auf der Straße von all ihren Uebeln zugleich wieder befallen worden war.

Im J. 1643 bekam eine Klosterfrau vom Orden der Verkündigung Mariä zu Brüssel, welche seit fünf Wochen unter großen Schmerzen und am ganzen Kör= per gelähmt daniederlag, eine Abbildung des Gnaden= bildes von Luxemburg und ward am dritten Tag

einer Novene, die sie zu Ehren der Trösterin der Be=
trübten machte, plötzlich wieder gesund.

Im J. 1642 warb ein Edelmann von Avroy
bei Lüttich in Folge von Mißhandlungen, die er in
der Gefangenschaft erlitten, von einem hitzigen Fieber
überfallen und war, der Sprache beraubt und von
den Ärzten aufgegeben, dem Tode sehr nahe. Auf
den Vorschlag eines seiner Söhne, welcher als Ka=
puziner eine Zeit lang zu Luxemburg gewesen, warb
das Versprechen gemacht, daß Einer von ihnen nach
Luxemburg gehen und ein Zierrath der Kapelle zum
Opfer bringen wolle. In demselben Augenblicke be=
fand sich der Kranke auf der Besserung und der Ka=
puziner selbst brachte mit einem Briefe des Vaters an
Pater Director der Kapelle eine silberne Lampe als
Weihgeschenk.

Einige Tage vorher hatte derselbe Pater Direktor
einen Brief von Herrn Wolfgang Hartmann Came-
rarius de Wormatia erhalten, in welchem dieser ihn
benachrichtigte, daß er zur Erfüllung eines, vorigen
Jahres in Frankfurt gemachten Gelübdes, einen Kelch
schicke, indem seine Frau, welche mehr als 4 Monate
lang an einer sehr mißlichen und bemüthigenden Krank=
heit gelitten habe, in Folge des Gelübdes geheilt
worden sei, das er, durch ein Buch auf die Wunder=
kraft der Trösterin der Betrübten aufmerksam gemacht,
abgelegt hatte.

Im J. 1646 warb Hr. Hubert von Gondrecourt
von einem gewaltigen Fieber, das ihn dem Tode

nahe gebracht hatte, plötzlich geheilt, indem er ver=
sprach, nach der Kapelle der Trösterin der Betrübten
pilgern zu wollen.

Ein regulirter Chorherr des heiligen Augustin
war von verschiedenen Unpäßlichkeiten, die ihm große
Schmerzen verursachten, geplagt, wandte sich an die
Trösterin der Betrübten und ward plötzlich geheilt.

Graf von Wiltz, Gouverneur des Herzogthums
Limburg war, nachdem er 7 Monate hindurch ver=
schiedene Krankheiten gehabt, von einem Schlage an der
Zunge und linken Arm gelähmt worden. „Ich fing
an, schrieb er an einen Jesuiten von Luxemburg, die
Mutter Gottes, welche in Euerer Kapelle verehrt
wird, anzurufen, und gelobte ihr eine silberne Ampel,
und eine Stiftung, deren Ertrag hinreichen sollte, um
Tag und Nacht das Öllicht vor dem Gnadenbilde zu
unterhalten, bin darauf gleich von dem Schlage an
Zunge und Arm und in zwei Stunden von allen
Krankheiten erledigt worden.“ Der Graf erfüllte sein
Gelübbe, kam selbst, um in der Kapelle seiner Ret=
terin zu danken und empfing daselbst die heiligen
Sakramente.

Als Kapitän Franz Gessy im J. 1640 auf ähn=
liche Weise zu Thionville auf Anrufung der Trösterin
der Betrübten von einer gefährlichen Krankheit geheilt
worden, aber sein Gelübbe nicht gehalten hatte, verfiel
er nach 6 Jahren in dieselbe Krankheit und verlor sogar
das Gesicht. Da bereute er seine Untreue und machte
neuerdings ein Gelübbe. Alsbald erhielt er Gesicht

und Gesundheit wieder und richtete darauf sein Ge=
lübbe getreu aus.

Angela Wintringer von Pisport war nach einem
sehr bösartigen Fieber durch einen Schlagfluß an der
Zunge gelähmt und der Sprache beraubt. Als sie
hörte, daß ein seit 9 Jahren stummes Mädchen auf
Anrufung der Trösterin der Betrübten die Sprache
wieder erlangt habe, begab sie sich nach Luxemburg
und begann eine Novene. Am vierten Tage fing sie
an, die Namen Jesus und Maria auszusprechen und
den englischen Gruß deutlich herzusagen.

Johann Jakob Becker, Fourier zu Sirck, des Ge=
brauches des rechten Beines beraubt, und im Traume
auf das Gnadenbild der Trösterin der Betrübten auf=
merksam gemacht, ließ sich nach Luxemburg tragen und
machte eine neuntägige Andacht; als er am letzten
Tage der Novene der hl. Messe beiwohnte, ward er
von allen Uebeln, die er bisher gehabt, zugleich über=
fallen und verlor Gesicht und Gehör. Kaum aber war
das hl. Meßopfer beendigt, so fühlte er sich von allen
diesen Uebeln befreit.

Um dieselbe Zeit kamen zwei Eheleute aus Arlon
mit ihrer Tochter Anna zum Gnadenbilde, und diese
ward von einem Nierenübel, an dem sie seit zwei
Jahren so sehr litt, daß sie gar nicht gehen und nur
auf einer Seite liegen konnte, plötzlich geheilt.

Eine Frau von der Herrschaft Körich, welche am
Beine eine schreckliche, einen abscheulichen Geruch ver=
breitende Wunde hatte, begab sich, der Reisebeschwer=

ben nicht achtend, nach Luxemburg und ward, als sie
zum zweiten Male nach der Kapelle ging, unterwegs
von dem Uebel befreit.

Die 17jährige Dorothea Schneider, am linken
Arme und Beine gelähmt und von verschiedenen an=
dern Uebeln heimgesucht, ward bei einer ersten Pilger=
fahrt zum Gnadenbilde des linken Beines wieder
mächtig und bei einer zweiten von allen ihren Uebeln
befreit.

Eine arme Frau, seit 8 Jahren durch Krankheit
so gebückt, daß sie nur vermittels eines Stockes vor=
ankommen konnte, faßte den Entschluß, barfuß zu dem
Gnadenbilde zu wallfahrten, und ward in der Nacht
nach diesem Entschlusse von so heftigem Schmerze er=
griffen, daß sie die Hoffnung aufgab, die Wallfahrt
machen zu können. Von einigen frommen Personen
dennoch aufgemuntert, schleppte sie sich zu den Füßen
des gnadenreichen Bildes und ward geheilt.

Zwei Frauen, welche seit mehreren Monaten ganz
entkräftet darniederlagen, wurden fast augenblicklich
geheilt, auf das Gelübde hin, welches sie machten,
zum Gnadenbilde zu wallfahrten.

Ein Jüngling vom Lande, Namens Peter Lalle=
mand, war in seiner zarten Jugend von einem seiner
Nachbarn so unmenschlich geprügelt worden, daß das
Rückgrad entzweit war und er ohne Krücken oder die
Hände auf die Kniee gelehnt, nicht gehen konnte; der
Kopf war auch auf die Brust gesenkt, und es war
ihm nicht möglich, ihn in die Höhe zu richten. In

diesem Zustande bettelte er seit 15 bis 16 Jahren von
Dorf zu Dorf sein Brod. Er schleppte sich zum Gna=
benbilde hin, empfing die hh. Sakramente, ließ sich
mit dem Oel der Lampe, welche vor dem Gnaden=
bilde brannte, reiben und begann eine Novene. In
wenigen Tagen war er an allen Gliedern grade und
stark.

Frau Elisabeth D'Eck, aus ansehnlicher Familie,
ward auf Anrufung der Trösterin der Betrübten
von der Fallsucht befreit und richtete die versprochene
Pilgerfahrt aus in Begleitung ihrer Schwiegermut=
ter, welche der göttlichen Trösterin auch zu danken
hatte für die Rettung ihrer Enkelin von der Schwind=
sucht.

Ein Kind, welches seit einem Jahre an einem
Bruche litt und nach Aussage der Aerzte ohne Schnei=
den nicht zu retten war, ward, als die Eltern eine
Novene zur Trösterin der Betrübten machten und das
Kind mit dem aus der Kapelle gebrachten Oele rie=
ben, geheilt, so daß keine Spur von dem Bruche mehr
übrig blieb.

Ein Mann, der weder gehen, noch sitzen sondern nur
auf dem Rücken liegen konnte, ließ sich in die Kapelle
tragen. beichtete, kommunizirte und rieb sich mit dem
Oele der Lampe. Das Uebel wollte nicht abnehmen;
aber er verlor den Muth nicht; er ließ sich eine Hütte
in der Nähe der Kapelle bauen und blieb dort einige
Zeit. Endlich erbarmte sich die Mutter Gottes seiner,
und er ward nach einem, ihr zu Ehren gemachten
Gelübbe wieder gesund.

Eine Frau, deren Arme und Beine seit mehreren Jahren von der Gicht ergriffen waren, ward geheilt zwei oder drei Tage nachdem sie in der Kapelle die heiligen Sakramente empfangen und die kranken Glieder mit dem Oel der Lampe gerieben hatte.

Eine ähnliche Wunderkraft zeigte das Oel der Lampe, welche vor dem Gnadenbilde brannte, an mehreren andern Kranken.

Eine Frau litt seit 3 Jahren an einem starren Halse, so daß sie den Kopf nicht zu drehen vermochte. Sie rieb sich mit dem Öl der Lampe und war an demselben Tage geheilt.

Zwei Männer, welche auf Krücken gingen und zu verschiedenen Malen die Wasserkur, aber nur mit wenig Erfolg, gebraucht hatten, konnten, als sie das Öl der Lampe angewandt, wieder ungehindert gehen. Einer von ihnen war lutherisch und bekehrte sich darauf zum katholischen Glauben.

Ein armer Knabe aus Köln hatte fünfzehn Öffnungen am Beine, das Fleisch ging in Fäulniß über und das ganze Bein war nur e i n e Wunde; der Arme hatte sich Anfangs auf den Knieen herumgeschleppt und lag nun schon seit 6 Monaten von Allen, nur von seiner Mutter nicht, verlassen auf dem Rücken da. Die Mutter nahm, als sie einst Geschäfte halber nach Luxemburg kam und den Menschenzudrang in der Kapelle sah, von dem Öle der Lampe mit und empfahl der Trösterin der Betrübten ihr krankes Kind. Kaum hatte sie das Bein mit dem Öle bestrichen, als

das faule Fleisch stückweise herabfiel und die Knochen
zum Vorschein kamen; nach und nach setzte sich neues
Fleisch an und das Bein ward schöner und gesünder
denn je. Der Knabe kam in Begleitung seiner Mut=
ter von Köln zu Fuß nach Luxemburg, um seiner
Retterin zu danken.

Ein Mann, der wegen eines Geschwulstes am
Halse nichts hinunterschlucken konnte und in Gefahr
schwebte zu ersticken, machte eine Wallfahrt zur Trö=
sterin der Betrübten und ward, drei Tage darnach,
von seinem Übel befreit. Als derselbe, ein Jahr nach=
her, wegen eines Geschwulstes am rechten Beine das
Bett hüten mußte, machte er ihr zu Ehren eine No=
vene und das Übel nahm am letzten Tage der No=
vene ab und verschwand gänzlich.

Ein Mann, der sich durch Ueberheben einen Bruch
zugezogen hatte, ertrug dieses Uebel zwanzig Jahre
lang und nahm dann als siebenzigjähriger Greis seine
Zuflucht zur Trösterin der Betrübten. Auf dem Wege
nach dem Gnadenbilde ward er geheilt. Der Undank=
bare aber ging, statt seiner Retterin zu danken, in der
Stadt seinen Geschäften nach; da nahm sein Uebel
wieder so Ueberhand, daß er zwei Tage auf dem
Rücken mußte liegen bleiben; als er sich wieder erhe=
ben konnte, begab er sich graden Wegs in die Kapelle,
bat um Verzeihung und ward wieder geheilt.

Ein junges Mädchen, Catharina Bingen mit Na=
men, war durch die Kuhpocken blind geworden und
ward, als es mit Vater und Mutter in der Kapelle
betete, wieder sehend.

Zu Habay war ein Kind todt zur Welt gekom=
men; die Eltern ließen es zuerst in die Pfarrkirche
tragen, wo es die ganze Nacht auf einem Altare lie=
gen blieb. Da kein Erfolg sichtbar ward, trugen sie
das Kind wieder nach Hause, opferten es der allerse=
ligsten Jungfrau und baten, dieselbe möchte ihm doch
das Leben wieder geben, damit es getauft werden
könnte; sie gelobten ferner eine Pilgerfahrt zum Gna=
denbilde, warfen sich auf die Kniee und beteten mit
den Umstehenden die Litanei der Mutter Gottes. Da
öffnete das Kind erst ein, und darauf beide Augen,
und ward getauft.

**Wunder, welche nach dem Jahre 1648
geschehen sind.**

Ungefähr um jene Zeit gab es einen Freidenker
(die Geschichte sagt nicht grade wo und auch nicht, wie
er geheißen habe), der es unter seiner Würde hielt
an die in der Wallfahrtskapelle gewirkten Wunder zu
glauben, und sich sogar erfrechte, über die welche
daran glaubten, in der Gesellschaft zu spotten. Er
war, wie solche Aufgeklärte gewöhnlich, durch keine
Gründe zu überzeugen. Gott aber, der das Mittel
wußte, um ihn zu bekehren, erbarmte sich seiner. Der
Unglückliche ward am linken Beine von so heftigen
und anhaltenden Schmerzen ergriffen, daß kein Mit=
tel ihm einen Augenblick Ruhe verschaffen konnte. Er
ging in sich und dachte, die Trösterin der Betrübten
könnte ihm doch noch wohl am sichersten helfen; auch
bereuete er die Gotteslästerungen, die er ausgestoßen

und versprach eine Wallfahrt zum Gnadenbilde. Gleich darauf empfand er Linderung und kurze Zeit darauf verschwand das Uebel ganz. Als er nach Luxemburg kam, um sein Versprechen zu erfüllen, bekräftigte er mit einem Eide und durch das Zeugniß eines Geistlichen die Wahrheit seiner Geschichte.

Die Vorsteherin des Carmelitinnenklosters zu Neufchatel ward gegen das Jahr 1653 in den drei ersten Tagen einer Novene, die sie zu Ehren der Trösterin der Betrübten zu Luxemburg machte, von einer Wassersucht befreit, an deren Heilung die Ärzte von Antwerpen, Brüssel und Luxemburg verzweifelt hatten.

Eine Dame, gebürtig aus Nancy, hatte sich durch einen Fall schwer verwundet, namentlich am Beine, und litt seit acht Tagen entsetzliche Schmerzen. Am 7. August fing sie eine Novene an und ihr Gatte versprach, sich mit ihr im Gebete zu vereinigen. Zu einer Stunde, als sie dachte, daß dieser seinem Versprechen getreu seine Andacht verrichte, betete auch sie und im vollen Vertrauen auf Erhörung erhob sie sich, um zu versuchen, ob sie aufstehen und gehen könne. Alles ging nach Wunsch von statten, sie war geheilt. Dieses geschah im Jahre 1673.

Im Jahre 1674 bezeugte Maria Müsset von Fontoy eidlich vor dem königlichen Notar zu Luxemburg, daß die Trösterin der Betrübten ihrem vierjährigen Kinde das Leben wiedergegeben habe. Das Kind war in den hochangeschwellten Fluß gefallen; als die Mutter ankam, fand sie den Leichnam, den man eben aus dem Wasser gezogen hatte, da liegen; sie nahm ihn auf ihre Arme und glaubte ihn durch mutterherzliches Liebkosen wieder erwärmen zu können; aber vergeblich; derselbe blieb kalt und steif. Da überließ sich die Unglückliche ihrem unaussprech= lichen Schmerze; der Leib des Kindes entfiel ihren Händen und sie fiel mit ihm besinnungslos auf einen Haufen Steine. Nachdem sie wieder zu sich gekommen, kehrte sie, vom Schmerze ganz verwirrt, nach Hause zurück, und warf sich vor einem kleinen Bilde der Trösterin der Betrübten auf die Knie nieder, indem sie die liebevolle Mutter Maria beschwor, ihrem Kinde das Leben wiederzugeben. Durch das Gebet ermu= thigt, kehrte sie an den Ort zurück, wo sie den Leib des Kindes hatte liegen lassen, kniete nieder und rich= tete in Gegenwart der Bewohner des Dorfes an Ma= ria folgendes Gebet: „Heilige Mutter Gottes von Luxemburg, da Niemand auf der Welt mir helfen kann, so bitte ich Dich um die Gnade, daß Du mein Kind wieder lebend machest. Ich verspreche Dir und beschwöre es, daß ich barfuß in Deine hl. Kapelle gehen und dort eine hl. Messe zum Danke will lesen lassen." In demselben Augenblicke öffnete das Kind den Mund und war bei gesundem Leben.

Ein armes Mädchen aus Loendorff, Namens Lucia Fourman, war durch ein seit sieben Wochen anhaltendes Fieber ganz entkräftet und versprach, ob= schon es selbst nicht gehen konnte, eine Wallfahrt zum

Gnadenbilde von Luxemburg. Es ließ sich von einem Dorf zum andern von barmherzigen Leuten tragen. In der Kapelle angelangt war es schwächer, denn je; am Ende der vierten Messe aber, der es beiwohnte, erhob es sich und war so stark wie vor seiner Krankheit. Der Hergang dieses Wunders wurde von der Geheilten eidlich bezeugt am 19. Juni 1700.

Im Jahre 1708 wurde Nikolaus Schabels, Officiant des Abtes von St. Maximin, von solcher Taubheit behaftet, daß man sich ihm durch die Sprache nicht mehr verständlich machen konnte. Er machte das Gelübbe, zur Kapelle der Trösterin der Betrübten zu gehen, und erhielt augenblicklich das Gehör wieder.

Viele andere Wunder geschahen im achtzehnten Jahrhundert. Eines derselben war so auffallend, daß es die allgemeine Aufmerksamkeit mehr als andere auf sich zog und dem Weihbischofe von Trier wichtig genug schien, außerordentlicher Weise untersucht zu werden. Nach geschehener Prüfung erklärte der Weihbischof, daß die Gewißheit des Wunders nicht mehr in Zweifel zu ziehen sei. Dies Wunder wird von P. Amherd auf folgende Weise erzählt:

Johanna Jolivet, ungefähr ein und dreißig Jahre alt, gebürtig von Boubresie, in der Pfarrei Niedermerci in Lothringen, wurde plötzlich von einem Schlagflusse getroffen, der sich später in eine lähmende Gicht verwandelte. Alle Glieder ihrer linken Seite waren in einem erbärmlichen Zustand, ohne Bewegung und Empfindung, wie erstorben. Zudem hatte sich der linke Fuß eingezogen und war schrecklich verdreht und einwärts gekehrt. Achtzehn Monate lang brachte die Unglückliche in dieser bejammernswerthen Lage zu. Ohne Krücken konnte sie sich nicht bewegen, und auch mit ihnen ging es sehr langsam. Obwohl ihre Wohnung nicht weiter als zweihundert Schritte von der Kirche entlegen war, so gebrauchte sie doch immer eine Stunde, um sich dahin zu schleppen; ohne Hülfe war es ihr nicht möglich, eine Treppe auf= oder abzusteigen. Ihr Elend war landkundig. Endlich verschaffte man ihr einen kleinen Karren, auf dem man sie von einem Orte zum andern führte. Weil alle angewandten Mittel nichts fruchten wollten, so blieb ihr kein anderer Trost, als der, alle Hoffnung auf Genesung aufgebend, ihr Leiden geduldig zu ertragen — freilich eine schwere Prüfung, und oft weinte sie im Stillen, daß sie lebend schon halb begraben sei.

Allein im Maimonat des Jahres 1719 entschloß sie sich, nach Luxemburg zu wallen, um ein Gelübde zu erfüllen, das sie zu Ehren der Trösterin der Betrübten gemacht hatte. Denn, sagte sie: „Wenn mir kein Arzt und kein Mensch mehr helfen kann, so muß ich zur lieben Mutter Gottes nach Luxemburg gehen." Aber ach! wie traurig war ihre Reise! Man setzte sie auf ein Pferd, auf dem sie aber mehr lag, als saß; sich aufrecht zu halten, war ihr durchaus unmöglich — und vier Personen waren beständig beschäftigt, sie auf dem Thiere zu unterstützen.

Kräftiger war ihre Seele. Mitten in ihrem Elende hatte sie ein unbesiegbares Vertrauen, daß sie beim Gnadenbilde die Gesundheit erlangen werde. „Ich reise hin zu Pferd, sprach sie unterwegs, aber ich werde heimkehren zu Fuß."

Zu Luxemburg wurde jetzt eben die feierliche Muttergottesoktav gehalten. Am Oktav=Samstage langte endlich Johanna um sechs Uhr Morgens vor der Kirche der Patres Jesuiten an, wo das hl. Gnadenbild im Glanze seiner Kostbarkeiten auf dem Altare strahlte. Mit großer Mühe half man ihr vom Pferde: mit Hülfe ihrer Krücken und dem Beistande ihrer Begleiter schleppte sie sich mühsam in die Kirche, wo sie sogleich mit herzlicher Freude die Mutter des Trostes begrüßte, ihr zu Ehren eine hl. Messe anhörte und sich zur hl. Beicht vorbereitete.

Die Genesung der Seele ist bei Maria eine Vor= bereitung zur Genesung des Leibes: aber unmöglich war es der Kranken, sich vor dem Beichtvater auf die Kniee niederzuwerfen. Sie mußte ihre Beicht stehend ablegen, stehend auch die heil. Kommunion empfangen, ja sogar gestützt auf einem Arme, weil ihre Schwäche und Gebrechlichkeit es nicht anders zuließ. Zwei Stunden lang verharret sie im Gebete, unablässig seufzend aus hoffender Seele. Aber Maria scheint sie nicht zu erhören. Nach der vierten Messe, die sie angehöret, ist sie vor Mattigkeit gezwungen, nach ihren Krücken zu greifen, um außerhalb der Kirche frische Luft zu schöpfen.

Krank, wie sie hineingegangen, kommt sie wieder heraus und kann nicht die geringste Besserung an sich wahrnehmen. Doch es geschah nur, weil der Allmächtige die Wunderkraft Seiner geliebten Mutter um so lebendiger vor den Augen der herbeigeströmten Volksmenge darlegen wollte. Weil arm, sah sich die doppelt unglückliche Johanna genöthigt, in der Stadt um Almosen anzuhalten. Und da schleppt sich nun diese Elende durch die menschenerfüllten Straßen; ach! wer hätte ihr die Bitte abschlagen können, die sie an die Vorübergehenden richtete!

Indeß konnte ihr felsenfestes Vertrauen nicht erschüttert werden. Um drei Uhr Nachmittags begibt sie sich abermals in die Kirche zum hl. Gnadenbilde, sie bittet, fleht, seufzt und versucht alle Mittel der zärtlichsten Andacht. Und seht, die Stunde der Erhörung hat geschlagen! Während der Litanei verspürt sie in sich eine urplötzliche Veränderung; ein gewaltiger Schauer rieselt durch ihre Glieder und überall bringt aus ihnen ein starker Schweiß hervor. Aber gleich nach dieser heftigen Erschütterung empfindet sie durch ihre linke Seite eine wohlthätige Wärme strömen, die überallhin Leben und Kraft verbreitet und ihre todten Glieder gleichsam neu erschafft. Die Arme, die Beine — Alles wird lebendig, kräftig, munter und gesund; der übel entstellte Fuß erhält seine gehörige Richtung; mit einem Wort, sie ist vollkommen hergestellt. Erstaunt über eine solche plötzliche Heilung wirft sie sich voller Dankbarkeit auf die Knie nieder, küßt den Bo-

den und lobt mit Herzensfreudigkeit die allvermö=
gende Trösterin der Betrübten. Nach emp=
fangenem Segen steht sie ohne Mühe auf, verläßt
ihren Platz und geht, ohne Krücken, behend und gera=
den Wegs zum Geländer vor dem Gnadenbilde, wo
sie ihrer großen Wohlthäterin unter einem Strom
von Freudenthränen ihren Dank abstattet.

Zum Andenken an diese Wohlthat hing sie end=
lich ihre Krücken am Altare auf. Alles Volk schrie:
„Wunder, Wunder, ein großes Wunder!"
und konnte darüber nicht genug erstaunen. Voll Stärke
und Gesundheit verließ sie die Kirche, und jubelnd
brachte man sie ins Collegium der Gesellschaft Jesu,
wo sie den ganzen Verlauf der Geschichte erzählte;
die Patres und die Menge des herbeigelaufenen Vol=
kes konnten Gott und seiner heil. Mutter nicht innig
genug danken. Auch vor den Stadtmagistrat wurde
Johanna geführt, in dessen Gegenwart sie die Er=
zählung des Geschehenen mit einem Eide bekräftigte.

Als am folgenden Sonntag die feierliche Prozes=
sion in gewohnter Weise ihren Durchzug durch die
Straßen hielt, ging Johanna mit kräftigen Schrit=
ten, barfuß und mit einer brennenden Kerze in der
Hand, als ein lebendiger Beweis der Güte und Macht
Mariä, vor dem in Gold und Edelsteinen strahlenden
Gnadenbilde einher. O Mutter der Güte und Milde,
wie groß ist Deine Wunderkraft!

Sechster Abschnitt.

Das erste Jubelfest der Landespatronin.

Ein harter Schlag. Es kam das Jahr 1766, und man hätte glauben sollen, man habe das hundertjährige Andenken an das freudige Ereigniß der Erwählung der Trösterin der Betrübten zur Patronin der Stadt mit besonderem Glanze feiern wollen. Dies geschah indeß nicht. Eine bösartige Verfolgung drohte gegen die Gesellschaft Jesu loszubrechen; es scheint, als haben die Jesuiten damals ein Vorgefühl des harten Schlages gehabt, der sie und mit ihnen unser Land und die Andacht zum Gnadenbilde bald treffen sollte; wahrscheinlich wollten sie unter den obwaltenden Umständen nicht durch ein großartiges Fest Aufsehen und Geräusch erregen.

Das Einzige, was zur Erinnerung an jenes freudige Ereigniß im Jahre 1766 geschah, war, daß ein aus lauter Eisen fein ausgearbeiteter Altar angeschafft wurde, auf welchen das Gnadenbild alljährlich während der Octave gestellt werden sollte — derselbe Altar, welcher auch noch jetzt während der Octave auf-

gerichtet wird; er wurde von dem zu Orval ausge=
bildeten Künstler Peter Petit für 2200 Luremburs
ger Thaler verfertigt.

Ein harter Schlag war es in der That für unser
Land und unser Gnadenbild, als im Jahre 1773 der
Jesuitenorden durch ein Breve Clemens XIV. aufge=
hoben und dann auch in demselben Jahre durch ein
Patent der Kaiserin Maria Theresia in den österrei=
chischen Staaten aufgelöst wurde. Die Patres Jesui=
ten, welche den Grund zur Andacht der Trösterin der
Betrübten gelegt und so viel Gutes in unserm Lande
gestiftet hatten, mußten sich nun aus dem Lande ent=
fernen. Ihre Kirche wurde sammt dem daranstoßenden
Collegium der Stadt geschenkt; im Jahre 1778 wurde
sie zur Pfarrkirche erhoben, was sie bis auf den heu=
tigen Tag geblieben ist.

Vorbereitungen zum Jubelfest. So
nachtheilig auch die Aufhebung des Jesuitenordens,
auf die Verehrung des Gnadenbildes wirken mußte,
so war doch dem Volke und der Geistlichkeit Luxem=
burgs die Andacht zur Trösterin der Betrübten zu
tief in's Herz gewachsen, als daß sie sich für die
Trauer, die ihnen das Verschwinden der Jesuiten=
patres verursacht hatte, so wie für den Nachtheil, der
zu befürchten war, nicht auf eine glänzende Weise
hätten entschädigen wollen. Bald sollten es 100 Jahre
werden seit dem zweiten Acte, wodurch die Verehrung
der Gottesmutter zur Nationalandacht geworden, als
nämlich das ganze Land die Trösterin der Betrübten zur

Schutzpatronin erwählt hatte: Dieses Jubiläum, hieß
es, wollen wir feiern und zwar auf eine der Gottes=
mutter würdige Weise. Indeß konnte man mit den
Anstalten zum Feste für das Jahr 1778, wo es
eigentlich sollte gefeiert werden, nicht fertig werden;
der würdige und gelehrte Paul Feller damals Pa=
stor zu Luxemburg und Rektor der Muttergotteska=
pelle, mußte sich erst in seiner neuen Verwaltung zu=
recht finden; dann traf er sogleich die nöthigen Vor=
bereitungen, um das hohe Fest so großartig als nur
möglich zu feiern. Im Einverständnisse mit seinen
zwei Beistehern oder Provisoren ließ er insgeheim
allerlei Wappen, Bilder und Sinnbilder verfertigen,
sorgte für Triumphwagen, Bögen, Altäre, Inschrif=
ten, Chronogramme und was überhaupt für eine
solche Feierlichkeit geeignet war, und machte dann
theils durch das damals bestehende Luxemburger Jour=
nal, theils durch Einladungsschreiben an die Herren
Dekane bekannt, daß am vierten Sonntage nach Ostern
1781 das hundertjährige Jubiläum seinen Anfang
nehmen solle. Auch ließ er eine Schrift, in welcher
die ganze Ordnung des Festes auseinandergesetzt war,
in französischer und deutscher Sprache drucken und an
allen Kirchthüren anschlagen.

Groß war die Freude, mit welcher man diese
Verkündigung anhörte; überall zeigte sich eine bring=
gende Sehnsucht nach diesem feierlichen Tage. Die
Kranken auf ihren Lagerstätten streckten die Hände
dankend gegen Himmel: „O! sagten die Einen, wenn

ich im Stande bin aufzustehen, werde ich gewiß nach
Luxemburg gehen!" „Wenn ich nicht gehen kann,"
sagten Andere, „so lasse ich mich hintragen: ach! diese
kranken Glieder dürfen nur in die Nähe des Gnaden=
bildes kommen, so sind sie schon geheilt." Alte Leute
weinten vor Freude und sprachen: „O, daß ich noch
diesen glücklichen Tag erleben kann! dann, ja dann
will ich gerne sterben und diese Welt verlassen."

Das Jubelfest und die Jubelfeier. Endlich
kam der vierte Sonntag nach Ostern. Die vier Aebte,
welche damals im Lande waren, und der Herr Jo=
hann Nikolaus von Hontheim, Bischof von Myrio=
phis, Weihbischof von Trier, fanden sich zur Feier=
lichkeit ein. Eine unzählige Menschenmenge stand schon
draußen auf dem Glacis und wartete den Augenblick
ab, wo die Prozession das Gnadenbild in der Kapelle
abholen und in die Stadt geleiten sollte. Die Einzel=
heiten dieser Prozession sind in einem darnach erschie=
nenen Büchlein auf's Genaueste beschrieben; um aber
nicht zu lange zu werden, muß ich mich darauf be=
schränken das Hauptsächlichste hervorzuheben. Nament=
lich waren drei großartige Triumphwagen mit allerlei
Malereien, Sinnbildern und Inschriften in der Pro=
zession zu sehen, der erste ging hinter den Waisen=
knaben und Schulkindern, der zweite hinter den Stu=
denten und Junggesellen, der dritte hinter den Män=
nern. Auf den dritten Wagen folgten die Handwerks=
meister mit brennenden Fackeln; die Geistlichkeit der
Stadt; eine Kutsche unserer lieben Frau, die der Abt

von Echternach mit sechs überaus schönen Pferden zur
Begleitung oder, im Falle eines Regens, zur Auf=
nahme des Gnadenbildes geschickt hatte; ferner 15
Wappenträger der Provinz, jeder von zwei weiß ge=
kleideten Schäfern begleitet; 50 weiß und blau geklei=
dete Mägdlein mit gezierten Wachskerzen; vier Sän=
ger und ein Chor von Musikanten. Das Gnadenbild
wurde unter einem Baldachin von acht Priestern ge=
tragen, es war umgeben von zehn Schuhmachermei=
stern und sechs Junggesellen; die Patres Jesuiten
waren leider nicht mehr zu finden. Darnach folgten
unter ihrer neuen Fahne die dreizehn Meister mit
Fackeln, die Stadtboten mit ihren Hellebarden, ein
Chor von Engeln, der Thürwärter des königlichen
Rathes, die hochwürdigen Herren Prälaten mit Stab
und Inful und die Herren des Stadtmagistrates.
Nach ihnen der Herr Weihbischof von Trier mit dem
hochwürdigsten Gute unter einem Baldachin, den zwölf
Hauptleute der Bürgerschaft trugen, und endlich,
als Vorsteher der Provinz, die kaiserlich=königlichen
Rathsherren mit weißen Fackeln. Eine Compagnie
Grenadiere schloß diesen Zug von dem nachwogenden
Volke ab.

Ueber dem Eingange der Pfarrkirche, in welche
die Prozession jetzt eintrat, stand in großen Buchsta=
ben eine feierliche Einladung zum Feste, die ein mit
der Trompete in der Hand gemalter Engel dem gan=
zen Volke des Vaterlandes zuzurufen schien. Das
Innere der Kirche war prächtig verziert. An den

freien Säulen und zwischen den Fenstern an den
Wänden hingen die Wappen der fünfzehn Städte der
Provinz mit passenden lateinischen Versen; zwischen
den Wappen blickten zehn Tafeln hervor, welche die
Trösterin der Betrübten in sinnreichen Bildern
darstellten. Am Eingange des Chores waren je links
und rechts an den Halbsäulen vier Gemälde ange=
bracht, welche einzelne von der Trösterin der Be=
trübten gewirkte Wunder darstellten, und mitten un=
ter diesen acht Bildern schwebte oben am Gewölbe
ein großes, sowohl durch Kunst als Bedeutung her=
vorragendes Bild: die Stadt Luxemburg war darauf
als eine Jungfrau dargestellt, die, mit einem Mantel
und einer Herzogskrone bekleidet, der Trösterin der
Betrübten, zum Dank für den dem Lande ver=
liehenen Schutz, den Stadtschlüssel zum Weihgeschenke
darbot. Von all diesen Bildern gleichsam eingefaßt
und umstrahlt, stand unten, obgleich etwas mehr
nach vorne hin, der eiserne Altar der Trösterin der
Betrübten, von dem wir oben gesprochen haben und
den wir jetzt noch während der Oktave in der Lieb=
frauenkirche sehen; er war reich verziert und be=
hangen mit goldenen und silbernen Ampeln, Herzen
und anderen kostbaren Anathemen. Auf diesen Altar
wurde, nachdem die Prozession unter Pauken= und
Trompetenspiel in die Kirche eingetreten war, das
Gnadenbild mit Scepter, Krone und Schlüssel nieder=
gesetzt.

Nun wurde an jedem Tage während der Jubel=

4

zeit ein muſikaliſches Pontifikalamt gehalten. Am er=
ſten Sonntag erſchien der kaiſerlich königliche Rath
und der Stadtmagiſtrat, um, wie gewöhnlich, im Na=
men des Staates die W a h l der Tröſterin der Be=
trübten zur Patronin des Landes zu e r n e u e r n.
Unmittelbar nach der franzöſiſchen Predigt überreichte
der Stadtrichter dem hochwürdigſten Herrn Weihbi=
ſchofe eine ſilberne Platte, deren Inſchrift vor der
ganzen Verſammlung mit lauter Stimme abgeleſen
wurde :

„D i e S t a d t u n d P r o v i n z L u x em=
b u r g h a b e n M a r i a, d i e M u t t e r J e =
ſ u, d i e T r ö ſ t e r i n d e r B e t r ü b t e n,
w i e d e r z u r P a t r o n i n e r w ä h l t, u n d
b e ſ ſ e n z u m e w i g e n D e n k z e i c h e n d i e ſ e
P l a t t e a u f g e h ä n g t i n d e r F e i e r l i ch=
k e i t d e s J u b e l f e ſ t e s, d e n 13. M a i
1781.

An den darauf folgenden Tagen nahm auch eine
jede der Handwerkerzünfte, welche dem Hochamte bei=
wohnte, einzeln die Wahlerneuerung vor, was bisher
noch nie geſchehen war; denn Maria ſollte fernerhin
auch als Schirmerin der Zünfte und Sachwalterin
des bürgerlichen Lebens geprieſen werden. Während
des Jubiläums von 1781 wurden über 2,400 heilige
Meſſen geleſen, 55,000 Kommunionen ausgetheilt,
und weit über 100,000 Pilger waren zum Gnaden=
bilde gekommen, um die Tröſterin der Betrübten zu
verehren, Gnaden von ihr zu erflehen oder für die

empfangenen Wohlthaten zu danken. Die Volksmenge
auf den Straßen war so groß, daß man sich nur mit
Mühe hindurchdrängen konnte; die Pfarrkirche war
so voll gedrängt, daß die Priester kaum zu den Al=
tären kommen konnten und dreißig Grenadiere hinge=
stellt werden mußten, um Ordnung zu halten und zu
sorgen, daß der eiserne Altar nicht umgestoßen würde.
An zwei öffentlichen Plätzen, am rothen Brunnen und
auf dem Paradeplatz, waren Altäre errichtet worden,
damit Alle wenigstens der hl. Messe beiwohnen könn=
ten. Den Altar auf dem Paradeplatz hatten die Gar=
nisonstruppen aus lauter Trommeln zusammengesetzt,
und als um acht Uhr die heil. Messe darauf gelesen
ward, umringten sie ihn in drei Colonnen. In allen
Kirchen und Klöstern, in den Schulsälen des Colle=
giums, ja sogar auf öffentlichen Plätzen wurde Beicht
gehört, und obgleich mehr als 200 Beichtväter von
Büßenden umlagert waren, konnte doch nicht Allen
Genüge geschehen. Ueber diesen Zudrang war es sich
um so mehr zu verwundern, als schon damals der
Geist des Unglaubens sich über Europa ausgegossen
hatte, jener Geist, der den Sturz der Jesuiten her=
beigeführt und bald auch über Luxemburg so viel Un=
glück bringen sollte.

Schlußprozession. Am achten Tage wurde
das Gnadenbild wieder prozessionsweise in die Kapelle
begleitet. Die Bürger hatten zur Verzierung der
Straßen und Häuser alles Mögliche aufgeboten. Außer
den vier Aebten, welche der ersten Prozession beige=

wohnt hatten, erschien auch der Abt von Houffalize, und indem auch der andere Weihbischof von Trier, Franz Maria von Herbain, Bischof von Ascalon, sich einfand, ward der majestätische Zug durch die persön= liche Theilnahme zweier Bischöfe verherrlicht. Unter Gebet, Gesang und klingendem Spiel zog die Prozes= sion durch die von Menschen wimmelnden Straßen und brachte das gepriesene Gnadenbild durch den mit einem dreifachen Triumphbogen verzierten Eingang in die Kapelle zurück.

Siebenter Abschnitt.

Traurige Zeiten.

Joseph II. Das Jubelfest des Jahres 1781 war gleichsam ein letzter Wiederschein jener vergangenen Zeiten, wo noch unter der Leitung der Jesuiten die Wallfahrt zur Trösterin der Betrübten in schönster Blüthe glänzte. Mit diesem Feste waren die letzten schönen Tage verschwunden; traurige Zeiten sollten über das Luxemburger Land hereinbrechen. Ein gefährlicher Neuerungsgeist, der zum Theil die Religion selbst, zum Theil das echt katholische Leben verfolgte, und eine tiefe Sittenverderbniß hatten sich der Gemüther bemächtigt. Von diesem Geiste war auch Kaiser Joseph II. bethört worden. Kaum war seine vom Volke und namentlich auch in Luxemburg sehr geliebte Mutter, die Kaiserin Maria Theresia, gestorben, so begann er mit ungestümer Hast seine Neuerungen und erließ unter dem Vorwande, die Kirche zu reformiren, in rein kirchlichen Dingen, die ihn nichts angingen, die frembartigsten und ungerechtesten Beschlüsse.

Mit einem Federstriche schlug er sämmtliche beschauliche Klöster seines Reiches, 700 an der Zahl, zu Boden, und so hörten auch die Klöster vom hl. Geist in Luxemburg, von Sancta Clara in Echternach und die von Marienthal, Differdingen, Vianden ꝛc. auf, zu bestehen. Ferner schaffte er Feste ab, bestimmte wieviel Kerzen am Altare brennen sollen, verminderte die Segen, unterdrückte die Bruderschaften, machte den Bildern den Prozeß, und kurz, des Reformirens war kein Ende. So verschwand auch zu Luxemburg die Bruderschaft der Trösterin der Betrübten, welche während der 140 Jahre ihre Bestehens unsäglich viel Gutes gestiftet hatte.

Schicksale der Muttergottesprozession. Am 10. Mai 1786 gab Kaiser Joseph in Bezug auf die Prozessionen folgende Verordnungen heraus: 1. Die Zahl der Prozessionen sollte auf drei beschränkt werden, indem außer den Rogationsprozessionen nur noch eine am Frohnleichnamsfeste und eine andere an einem vom Ordinariate zu bestimmenden Festtage, aber immer nur an Werktagen gehalten werden dürften, damit, wie der Vorwand lautete, der sonntägliche Gottesdienst nicht gestört würde. 2. Das Herumtragen von Bildern, Statuen und Amtsfahnen wurde gänzlich untersagt; desgleichen alle außerordentlichen Kleidungen, Prachtaufwand und Musik. 3. Haufenweise Wallfahrten wurden unter Strafe von 100 Thalern, oder, bei Zahlungsunfähigkeit, von drei Monaten Gefängniß verboten. 4. Endlich verbot er

unter derselben Strafe alle Feierlichkeiten, die unter
dem Namen von Jubiläum bekannt sind. — Durch
dieses gräßliche Edikt war die Oktavfeierlichkeit und
überhaupt die Wallfahrt zur Trösterin der Betrübten
so gut wie unterdrückt. Der Schmerz darüber war
unbeschreiblich. Aber die Luxemburger ließen sich nicht
sogleich einschüchtern und verloren dabei ihren Mut=
terwitz nicht: bei der nächsten Octave (1786) wurde
die Prozession, nach Anordnung des hochw. Pastors
Paul Feller, zwar ohne Prunk und ohne Musik, wie
im Edikt gesagt war, gehalten, das Gnadenbild auch
nicht herumgetragen, aber in Begleitung zweier
neben ihm sitzender Geistlichen in einer eigens dazu
eingerichteten Carosse durch die Straßen der Stadt
gefahren.

Da man indeß sah, daß diese List nur für ein=
mal hingehen könne, so wandten sich die ersten Wür=
denträger und vornehmsten Personen des Landes in
einer Supplik an den Kaiser und setzten ihm weit=
läufig die Gründe auseinander, in Anbetracht deren
sie ihn baten, in Bezug auf die jährliche Prozession
zu Ehren der Trösterin der Betrübten, welche schon
seit so langer Zeit zur Patronin der Stadt und des
Landes Luxemburg erwählt worden sei, eine Ausnahme
vom Edikte gestatten zu wollen. Unterdessen brach in
den Niederlanden, wo der Kaiser die Gemüther der
edelsten Unterthanen gegen sich aufgebracht hatte, im
nächsten Jahre 1787 die Revolution aus; die kaiser=
lichen Beamten stellten die Reformen auf eigene Faust

wieder ein, und die Muttergottesprozession wurde zu
Luxemburg wieder, wie gewöhnlich, unter Herumtra=
gung des Gnadenbildes abgehalten. Auch kam im
Jahre 1789 Graf Cobenzl nach Luxemburg und er=
klärte die kaiserlichen Verordnungen für aufgehoben.

Revolution auf Revolution. Als der
Kaiser nun zwar den Niederlanden die alte Verfas=
sung bis auf wenige Stücke zurückgab, aber von einer
Zurücknahme seiner kirchlichen Reformen durchaus
nichts wissen wollte, bildete sich unter den Belgiern
ein Oppositionsheer von 70,000 Mann, welche am
24. Oktober 1789 die kaiserlichen Truppen vertrieben.
Die Luxemburger selbst nahmen an der Empörung,
trotz der an sie ergangenen Aufforderung, keinen An=
theil [1]). Mitten in diesen Unruhen starb Kaiser Jo=
seph mit dem Verdruß, überall seine Pläne gescheitert
zu sehen. Sein Bruder und Nachfolger, Leopold II.,
durch die Erfahrungen seines Vorgängers eines Bessern
belehrt, widerrief (1790) die josephinischen Verord=
nungen über Kirchen= und Unterrichtswesen, stellte die
alte Verfassung wieder her, und die Empörung war
gedämpft.

Da brach die schreckliche Revolution in Frankreich
aus. Mord und Raub waren an der Tagesordnung;

---

1) Zu einem thatsächlichen Widerstand kam es während
dieser ganzen Zeit nur in Echternach, wo sich die frommen
Tänzer durch die sich ihnen wiedersetzende Cavallerie mit dem
bekannten Gesange durchschlugen:
„Wenn ich nicht im Springen wär', der Teufel sollt' Euch
holen!"

alles Heilige und Ehrwürdige wurde auf eine wahr=
haft teuflische Weise mit Füßen getreten; an die
Stelle des Christenthums wollte man die Vernunft=
religion setzen und an vielen Orten wurden halbnackte
Dirnen auf den entweihten Altären als Göttinnen
der Vernunft verehrt. Unser Land und das theuere
Gnadenbild sollten nicht verschont bleiben.

Die Andacht zur Trösterin der Be=
trübten während der Belagerung von
1795. Schon im Jahre 1792 waren die Republikaner
in's Luxemburgische eingefallen, sie wurden aber durch
die tapfern Oesterreicher wieder zurückgetrieben. Aber=
mals warfen sie sich im Spätjahre 1792 in zahllosen
Schaaren über das Land her. Die frommen Luxem=
burger nahmen, theils aus eigenem Antriebe, theils
aufgefordert durch die Landstände und den Gouver=
neur, ihre Zuflucht zur mächtigen Landespatronin,
der Trösterin der Betrübten. Je höher die Gefahr
stieg, desto häufiger pilgerten die Gläubigen zum
Gnadenbilde und stellten das Wallfahrten nicht eher
ein, als bis die Nähe des Feindes es ihnen nicht
mehr erlaubte. Zahlreich wurde die Kapelle besucht,
was leider nicht mehr lange geschehen sollte! Schon
war die Abtei von Orval in Flammen aufgegangen,
Arlon eingenommen, mehrere Dörfer, wie Esch, Ba=
charage, Soleuvre ꝛc. in Asche gelegt, schon hatten
die Einwohner von Düblingen, welche sich dem Feinde
widersetzen wollten, 74 Menschenleben eingebüßt [1],

---

[1] Zwei Offiziere der Freiwilligenbande von Düblingen

und die Bewohner des Landes waren durch Sengen
und Brennen, Rauben und Morden in Schrecken gesetzt, als die Republikaner sich anschickten, auch die
Stadt Luxemburg zu belagern. Da wurde das Gnadenbild feierlich aus der Kapelle in die Stadt hinein-
gebracht. Am 21. November sahen sich die Oesterreicher, 11,900 Mann stark, genöthigt, sich in die Festung zurückzuziehen, und die Republikaner, Anfangs
30,000, dann 55,000 Mann stark, schlossen dieselbe
von allen Seiten ein. Mit dem Vorrücken der Belagerung sah sich der Gouverneur veranlaßt, eine au-
ßerordentliche Steuer zu fordern, und am 20. Januar
1795 mußte die Verwaltung der Muttergotteskapelle,
in Folge einer erzbischöflichen Ermächtigung, welche
an die Welt- und Klostergeistlichkeit ergangen war,
61 Pfund Silber an Kirchengeräthen zu dieser Steuer
beitragen. Selbst während dieser Belagerung wurde
die Prozession nicht unterlassen. Durch das Geläute
der Glocken aufmerksam gemacht, brannten die Republikaner ihre Feuerschlünde häufiger los, um das Fest
zu hintertreiben. Als darum der damalige Pastor,
J. B. Kayser, den Herrn von Bender fragen ließ,

---

verbargen sich auf ihrer Flucht in ein Kornfeld, legten sich der
Länge nach auf die Erde hin und gelobten, ein Jeder, wofern
sie aus der unausweichlichen Todesgefahr gerettet würden, vor
dem Gnadenbilde der Trösterin der Betrübten für einen Louis-
d'or hl. Messen lesen zu lassen. Und siehe, die Republikaner
zogen von allen Seiten her neben ihnen vorbei, und es geschah ihnen nichts zu Leid. Diese Rettung schrieben sie der
schützenden Hand der Trösterin zu, deren Fürbitte sie in der
drohenden Gefahr angefleht hatten.

ob die bereits angetretene Prozession vorangehen
solle, gab der glaubenskräftige Gouverneur zur Ant=
wort: „Wenn man unter Maria's Schutz wandelt,
hat man nichts zu fürchten." Und die Prozession machte
glücklich ihren Durchgang durch die Stadt, ohne daß
ein anderes Unglück vorfiel, als daß eine vorbeiflie=
gende Kanonenkugel einem in der Prozession gehen=
den Kanonier den linken Arm wegnahm und eine
andere in die Quermauer des Heuschling'schen, jetzt
Reuter=Mersch'schen Hauses fiel, wo sie zum Andenken
an die Begebenheit noch mehrere Jahre nachher zu
sehen war.

Am 5. Juni 1795 endlich mußte sich die Stadt,
nicht durch die Gewalt der Waffen besiegt, nur durch
Hunger und Entbehrungen aller Art gezwungen, er=
geben. Die österreichische Garnison durfte laut abge=
schlossener Capitulation mit allen kriegerischen Ehren=
zeichen aus der Stadt ziehen; Personen und Eigen=
thum wurden gesichert; was aber den Cultus und
die Gesetzgebung anbelangt, mußten die Bürger sich
willig den Gesetzen der Republik fügen.

Verheerungen in der Stadt. Nachdem
die Republikaner, zum Aerger der Luxemburger,
Alles, was an Herzogthum und Monarchie erinnern
konnte, weggeschafft und den Freiheitsbaum errichtet
hatten, wurde auf die Bürger die schwere Contribu=
tion von 1½ Millionen Livres gelegt, zu welcher die
Wallfahrtskapelle die Summe von 320 Livres und 2
Sous beitrug. Was in den Straßen und öffentlichen

Plätzen irgend auf Religion Bezug hatte, wurde be=
seitigt und zum großen Theile verunehrt. Die Heili=
genbilder und Abbildungen der Trösterin der Betrüb=
ten, welche Ahnen und Urahnen über den Thüren
der Häuser und an den Ecken der Straßen aufgestellt
hatten, namentlich auch das Muttergottesbild über
dem Neuthor, verschwanden. Nur das Marienbild,
welches noch heute im Athenäumshofe steht, blieb ver=
schont, entweder weil es nicht bemerkt wurde, oder
weil man auf dasselbe, als im Innern des Gebäu=
des aufgestellt, das Gesetz nicht anwenden zu können
glaubte. Die Glocken wurden aus den Thürmen ge=
rissen, Altäre, Beichtstühle und Kanzeln abgebrochen,
Kirchengeräthe weggenommen und für ein Spottgeld
verkauft, die Kirchen selbst in Profanorte verwan=
delt.

Die Pfarrkirche mit dem Gnadenbilde blieb zwar
stehen, und die jährlichen Oktaven und Prozessionen
fanden, freilich nur innerhalb der Kirche, ununter=
brochen fort; aber dort in der Pfarrkirche konnte es
den meisten der streng katholischen Luxemburger nicht
gefallen, weil der damalige Pfarrer der Oberstadt
den Eid der Treue auf die Civilconstitution geleistet
hatte; denn „geschworene Priester" floh das Volk und
wohnte heimlich in verschlossenen Gemächern, Kellern
und Scheunen den Messen der „nicht geschworenen"
Priester bei. Eine Weibsperson, welche sich als Ver=
nunftgöttin auf den Altar hätte stellen lassen, fand
sich in der Stadt Luxemburg selbst nicht; ob sich, wie

behauptet wird, eine solche in einem oder dem ande= ren Flecken gefunden habe, scheint auch nicht klar be= wiesen zu sein; sicher ist, daß die große Mehrzahl der Luxemburger den unsinnigen Cultus der Republikaner flohen und verachteten.

Beraubung und Zerstörung der Wall= fahrtskapelle. Schauderhaft ist es, zu hören, was die Republikaner mit der Wallfahrtskapelle und ihren Gütern anfingen. Kaum hatten sie gehört, daß das Gnadenbild eine Menge von Kostbarkeiten besitze, so belegten sie diese, scheinbar mit Recht und indem sie sich auf verschiedene Ordonnanzen der Republick be= riefen, mit Beschlag. Dann fanden zwei Versteige= rungen, die eine am 27. Januar, die andere am 11. Juli des Jahres 1796 statt, bei welchen die Kost= barkeiten des Gnadenbildes, weil sich die Bürger scheuten, an dem Raube Theil zu nehmen, um sehr niedrige Preise fortgingen. Welchen Schmerz diese sakrilegische Plünderung den guten Luxemburgern verursachte, läßt sich leichter denken als sagen. Ein gutes Drittel des Muttergottesschatzes kam aber nach= her zurück, indem einige Bürger Edelmuth genug hatten, mehrere Gegenstände anzusteigern, um diesel= ben dem Gnadenbilde wieder zu schenken oder gegen bloße Erlegung des Ankaufspreises zurückzugeben. Diese Ueberbleibsel sehen wir auch heute noch jährlich während der Muttergottesoktave am Altare des hei= ligen Gnadenbildes. Die Wallfahrtskapelle, welche seit der ersten Erbauung 179 Jahre lang, und seit ihrer

Erweiterung 155 Jahre lang das kostbarste Kleinod
des Luxemburger Landes gewesen — wurde in ein
Schlachthaus und Fleischmagazin für die republika-
nische Garnison verwandelt. Einige Jahre später wurden die Trümmer als Brennmaterialien an den Meist-
bietenden verkauft, und heute sieht man, als einzige
Spur davon, nur noch den mit einem hölzernen Deckel
verschlossenen Behälter einer Cisterne, welche ehemals
die Kapelle mit Wasser versah.

„Wenn die alten Luxemburger, welche die fürch-
terlichen Zeiten der Revolution gesehen haben," sagt
P. Amherd, „vor das Neuthor auf den Glacis kommen, so zeigen sie uns wohl noch, wo die Kapelle
stand; sie zeigen auch noch die Stelle, wo der Eingang, die Rotunde, das ·Sanctuarium und die Sakristei war; erzählen dann, wie rechts neben dem Eingang ein uralter Ulmbaum stand, unter dessen Schat-
ten die müden Pilger auszuruhen pflegten, und wie
sich auch links mehrere schattenreiche Bäume befanden; erzählen, wie die drei Glöcklein auf dem Thürm-
chen so klar, so silberrein tönten, und wie sie dieselben noch zwanzig Jahre lang im Traume gehört
hätten; erzählen von den vielen Andächtigen, die zu
dieser Kapelle kamen. . . . und wenn sie das Alles
so herzlich gern erzählt und an die alten Zeiten zu-
rückgedacht haben, so wischen sie sich eine Thräne aus
dem Auge, mit wehmüthiger Stimme hinzufügend:
„Ach! man darf daran nur gar nicht denken, sonst
wird's Einem so wehmüthig um's Herz!"

Achter Abschnitt.

Wiederaufblühen der Andacht zur Trösterin der Betrübten.

Napoleon. Nicht blos in Luxemburg, sondern in ganz Deutschland, in den Niederlanden und in Italien wüthete die Revolution. Napoleon kam, und Europa beugte sich vor ihm. Der sieggekrönte Held hielt auch seinen Einzug in Luxemburg (1804), und die Luxemburger überbrachten ihm an den Thoren der Stadt zum Zeichen der Huldigung einen vergoldeten Silberschlüssel — denselben Schlüssel, den sie der Trösterin der Betrübten als Weihgeschenk geopfert und der das Gnadenbild seit so langer Zeit geschmückt hatte. Als der Kaiser erfuhr, welcher Schlüssel es sei, sprach er: „Nehmet ihn zurück; er befindet sich in guten Händen." Hätte der Kaiser den Luxemburgern, deren Zuneigung er sich erwerben wollte, wohl deutlicher zeigen können, daß er wisse, wie sehr ihnen die Verehrung der Trösterin der Betrübten am Herzen lag? Das hatten die Luxemburger auch bald nach Verschwinden der revolutionären Wirren genugsam zu

erkennen gegeben. Kaum war ihnen durch Veröffent=
lichung des Konkordates von 1801 wieder freie Aus=
übung der Religion gestattet worden, als an allen
Theilen der Stadt die Marienbilder wieder zum Vor=
schein kamen. Die Muttergottesoctave, die seit 1802
wieder im Freien gehalten werden konnte, ward mit
um so größerer Begeisterung gefeiert, je länger in den
Tagen der Verfolgung die Andacht unterdrückt wor=
den. Im Jahre 1804 wohnte Bischof Bienaimé von
Metz der unter großem Volkszubrange gefeierten Pro=
zession bei; desgleichen im Jahre 1807 dessen Nach=
folger Hr. Jauffret; im Jahre 1810 nahm mit Hrn.
Jauffret auch Hr. Mennay, Bischof von Trier an
dem festlichen Zuge Theil. So ward die Prozession,
ungeachtet der Kriegswirren, welche Europa verheer=
ten, im Innern der Stadt mit immer größerem
Glanze gefeiert. Erst im Jahr 1815, als Napoleon
von der Insel Elba heimlich zurückgekehrt war und
in die Stadt Luxemburg immer mehr und mehr Sol=
daten einquartirt worden, mußte die uralte Prozession
— für's erste Mal seit ihrem Entstehen — gänzlich
unterbleiben.

Das Jahr 1816. Kein Jahr durfte vergehen,
ohne daß sich die frommen Luxemburger für dieses
erste Unterbleiben der Prozession auf großartige Weise
entschädigt hätten. Schon war der Bischof von Metz
besorgt, den vollkommenen Ablaß, der in Folge der
Aufhebung aller in Frankreich bestehenden kirchlichen
Privilegien im Jahre 1801 verloren gegangen war,

von Papst Pius VII. in derselben Ausdehnung wie
früher wieder zu erlangen. Und nun lud der dama=
lige General=Vikar von Neunheuser durch sein
Fastendispenz = Cirkular vom 20. Februar 1816 die
Gläubigen dringend zur Theilnahme an der Octav=
feier ein und verordnete, daß in allen Pfarrkirchen
während derselben täglich die lauretanische Litanei
abgesungen und darauf der Segen mit dem Hochwür=
digsten gegeben werden sollte. Zugleich verkündete er,
daß die Landesprozessionen ungehindert zu dem Gna=
benbilde nach Luxemburg wallen dürften. Das gut=
willige Volk verstand die Einladung des General=
Vicars. Der Zudrang zu der Oktavfeier war so stark,
wie er seit dem Jubeljahr 1781 noch nie gewesen.
Die Zahl der Beichtenden war so groß, daß man
außer der Kirche in deren Hofraum, in dem Speise=
saal des Seminars, 2c. Beichtstühle errichten mußte.
Man mußte sich mühsam durch die Menschenmenge
hindurchdrängen, bevor man die Mauern der Kirche
erreichen und des Gnadenbildes ansichtig werden
konnte. Täglich kamen während der Octavwoche zahl=
reiche Prozessionen in die Stadt, und am Vorabende
des letzten Sonntags war die Menge der Pilger, na=
mentlich der Walloner, so groß, daß sie zu Hunderten
auf offener Straße, übernachten mußten. Die Zahl
der frommen Beter, die am Schlußtage an der feier=
lichen Prozession — der größten dieses Jahrhunderts
— Theil nahmen, rechnete man auf 50,000.

Leider betheiligte sich seit der französischen Revo=

lution die Landesregierung, als solche, an diesen Feierlichkeiten nicht mehr. Nur der Stadtmagistrat blieb den Gebräuchen unserer Vorfahren immer getreu. Daher hieß es in der Wahlerneuerungsformel nur mehr: „Wir Bürgermeister und Schöffen der Stadt Luxemburg, sammt allen Bürgern und Inwohnern der Stadt und des Landes, erwählen Dich 2c." So hatte die Andacht zur Trösterin der Betrübten ihren patriotischen Charakter größtentheils verloren. Bald werden wir sehen, daß auch der wahre Patriotismus, den die Luxemburger noch nie verläugnet hatten, abhanden kam.

Die Revolution von 1830. Im Jahre 1830 nämlich ward Luxemburg durch Revolution belgisch. Indeß fiel nur das platte Land ab; die Stadt und der Festungsbereich blieb in der Gewalt des Großherzogs. Die Wirren der Revolution mußten, wie es sich von selbst versteht, auf die Verehrung der Trösterin der Betrübten höchst nachtheilig einwirken. Zudem war vom preußischen General Dümoulin, der beim Ausbruche der Revolution die Stadt mit Belagerungszustand bedroht hatte, im Jahre 1831 das Verbot erlassen worden, daß keine, weder städtische noch Landprozession im Freien gehalten werden dürfe, und im folgenden Jahre erlaubte er nur die Prozession im Innern der Stadt. In Folge dieser strengen Maßregeln und der unheilvollen Spaltung des Landes drohete die Wallfahrt in kurzer Zeit ganz unterzugehen; es bedurfte der besondern Einladungen des

Pfarrers von St. Peter, später Apostolischen Vicars
Vandernoot, um dieselbe vom nahen Untergange
zu retten. Ungeachtet der Bemühungen des Apostoli=
schen Vicars sank die Zahl der Landprozessionen auf
35, die der Pilger auf 11,600, und als das Großher=
zogthum durch ein Breve vom 2. Juni 1840 zu einem
Apostolischen Vikariate erhoben worden, erreichten die
Landprozessionen wieder die Zahl 55, die Zahl der
Pilger stieg wieder auf 20,000.

Glorreicher Aufschwung der Muttergot=
tes=Verehrung. Die Ehre und das Verdienst, die
Andacht zur Trösterin der Betrübten wieder neu zu
beleben, sollte einem andern aufbewahrt sein, dem
ersten Bischofe nämlich, der in Luxemburg seinen Sitz
nahm, dem hochverehrten Johann Theodor
Laurent, der im Jahre 1842 als Apostolischer
Vicar des seit 1839 dem Könige der Niederlande zu=
rückgegebenen und seit 1840 zu einem Apostolischen
Vikariate erhobenen Großherzogthums nach Luxem=
burg kam. Bischof Laurent, ein vorzüglicher Verehrer
und Lobredner Mariä, der schon vor seinem Hirten=
amtsantritt zu Luxemburg sich die Muttergottes als
„Meeresstern" zum Wappenzeichen genommen, drückte
gleich in seinem ersten Hirtenbriefe das Verlangen
aus, die Andacht zur Gnadenmutter in freudigem
Wachsthum gedeihen zu sehen. Nachdem er der Pfarr=
kirche kraft Apostolischer Ermächtigung die Trösterin
der Betrübten zur Patronin angewiesen und bestimmt
hatte, daß selbige nicht mehr Nikolauskirche oder Pe=

terskirche, sondern Liebfrauen= oder Mutter=
gotteskirche genannt werden solle; nachdem er
ferner beschlossen hatte, die jährliche Wahlerneuerung,
als rein kirchlichen Akt, selbst, als oberster Hirte, im
Namen des ganzen katholischen Landes vorzunehmen,
suchte er durch bringendes Einladen, durch Berufung
außerordentlicher Prediger, durch Erweiterung der Ge=
walten der Beichtväter, durch Errichtung mehrerer
Vereine und andere weise Maßregeln die Feier der
Oktav und der Prozession immer mehr zu heben und
dieselbe gleichsam zu einer jährlich wiederkehrenden
Mission zu gestalten. In einer Audienz, die derselbe
beim heil. Vater am 31. März 1844 hatte, ward die
Bewilligung des vollkommenen, an einem beliebigen
Tage der Octav, unter den oben angegebenen Be=
bingungen zu gewinnenden Ablasses erneuert. Präch=
tige Paramente und ein würdiger Kirchengesang er=
höheten die Feier der Pontifikalämter, womit er die
Octav eröffnete und beschloß, sowie die Prozession, in
welcher er selbst, bei Vortragung der bischöflichen In=
signien, das allerheiligste Sakrament trug und damit
den Segen ertheilte. Nicht zufrieden damit, fremde
Prediger zu berufen, unter welchen im Jahre 1844
auch P. Dechamps erschien, bestieg er selbst, wenig=
stens einmal in der Octave, mit Jnful und Stab, die
Kanzel, um das Lob der Himmelskönigin zu verkün=
den. Im Jahre 1847 fanden sich auf seine Einladung
auch die Herrn Bischöfe von Trier, Arnoldy und
Müller, ein, um die Prozession zu verherrlichen, die

schönste seit einem Menschenalter und als D r e i b i=
s ch o fs p r o z e f f i o n bis dahin die einzige in der
ganzen Geschichte unseres Gnadenbildes. Leider mußte
der eifrige Oberhirt nach sechsjährigem, rastlosen
Wirken als ein Opfer der Verfolgung das Land ver=
laffen. Seine Thätigkeit hat dem Lande Luxemburg
in vielen Beziehungen unsägliches Heil gebracht, und
die Muttergottesoctav stand wieder in der schönsten
Blüthe da.

Ferneres Aufblühen der Wallfahrt. An
die Stelle des abberufenen Prälaten trat als Aposto=
lischer Provikar der Herr N i k o l a u s A b a m e s,
der, in die Fußstapfen seines Vorgängers tretend, das
Werk mit gleichem Eifer und Erfolg fortsetzte. Er be=
rief im Jubiläumsjahr 1851 die Redemptoristenpatres
zur Abhaltung einer hl. Mission, welche in der Stadt
die schönsten Früchte hervorbrachte, und gründete noch
in demselben Jahr für die genannten Patres ein
Missionshaus, von wo aus sie die Städte und Dör=
fer des Landes, das Zeichen der Erlösung in der
Hand, mit den Früchten ihrer segensreichen Missionen
beschenken. Dadurch nahm das religiös=sittliche Leben
überhaupt und in Folge dessen die Andacht zur Trö=
sterin der Betrübten, namentlich auf dem Lande, be=
deutend zu. In der Stadt tragen die seither entweder
gegründeten oder bedeutend gehobenen Männer=, Jüng=
lings= und Frauen=Vereine zur Verherrlichung der
Muttergottesoctav, ein jeder nach seiner Art, bei.
Der Oberhirte selbst läßt sich die Verschönerung der

Liebfrauenkirche besonders angelegen sein; jedes Jahr, so zu sagen, haben die Pilger aus der Fremde etwas Neues daran zu bewundern. Kein Wunder, wenn bei so regem Eifer des Oberhirten, die Begeisterung für das altnationale Fest, die schönste Zierde des Luxemburger Landes, unter der Geistlichkeit sowohl wie unter dem Volke, auf dem Lande wie in der Stadt, immer wächst. Obgleich die Redemptoristenpatres während der Octav in ihrer neuen Alphonskirche fast den ganzen Tag über Beicht hören, sind doch des Morgens die zehn in und an der Sakristei der Liebfrauenkirche errichteten Beichtstühle, des Abends die Beichtstühle der Kirche von Büßenden umlagert. An jedem Morgen der Octavwoche werden sechs feierliche Hochämter gehalten, größtentheils bestellt von den Vereinen, Ständen und Corporationen der Stadt. Seit dem Jahre 1851 macht die Prozession durch die Stadt den größtmöglichen Weg, und doch langt die Spitze derselben schon an, ehe noch das vom Bischofe getragene Allerheiligste die Kirche verlassen hat. Durch die Eisenbahnen werden die Fremden für den Octavsonntag von allen Seiten her nach der Stadt hin gebracht. Die Landesprozessionen, welche während der vier ersten Tage der Woche in die Stadt einziehen, haben im verflossenen Jahre 1865 die Zahl 86 erreicht. Wohl mag sich der eifrige Oberhirt einer so kräftig blühenden Andacht freuen! Sei es um sich der allerseligsten Jungfrau dankbar zu erweisen, sei es um sich ihres Schutzes immer mehr zu versichern, hat derselbe, als er im

Jahre 1863 zum Apostolischen Vikar ernannt und zum Bischofe geweiht wurde, das Bildniß der Gottes=mutter in sein Wappen aufgenommen mit dem Ge=bete der Kirche „Succurre miseris, Eile den Elenden zu Hülfe", als Unterschrift. Seiner Sorgfalt verdankt es das Apostolische Vikariat, daß am 9. Juni 1864 ein für unser Land bestimmter Anhang zum Meßbuch und Brevier vom heil. Vater gutgeheißen wurde, in welchem der Verehrung der Trösterin der Betrübten, als der Hauptpatronin des Vikariats, ein Fest erster Classe mit Octav, nebst eigener Messe und Brevier=gebet, angewiesen wird. Auch hat derselbe Oberhirt, als er im Jahre 1864 von Rom zurückkehrte, vom heiligen Vater die Gnade eines bis dahin noch nicht verliehenen unvollkommenen Ablasses von 500 Tagen mitgebracht, den alle Christgläubigen gewinnen kön=nen, so oft sie die Liebfrauenkirche zu Luxemburg an=bächtig besuchen und vor dem Gnadenbilde die Lau=retanische Litanei oder 5 Vater unser und Gegrüßt seist du Maria nach der Meinung Seiner Päpstlichen Heiligkeit mit Andacht beten.

Neunter Abschnitt.

Das zweite Jubiläum und die Krönung des Gnadenbildes.

Das Jahr 1866. Seit 23 Jahren hatte nun= mehr das gläubige Volk Luxemburgs seine geliebte Muttergottes=Oktave ungestört gefeiert; seit 18 Jah= ren war der Oberhirt, von dessen Wirksamkeit wir im vorigen Abschnitt geredet, um die Hebung unseres religiös=nationalen Festes besorgt. Diesem gläubigen Volke, diesem unermüdlichen Oberhirten konnte nichts angenehmer, nichts erwünschter sein, als eine Gele= genheit, die Oktave der Trösterin der Betrübten und die Verehrung unseres Gnadenbildes durch den Glanz eines außergewöhnlich feierlichen Festes zu erhöhen und zu verherrlichen. Es kam das Jahr 1866. Zwei= hundert Jahre waren nun verflossen, seitdem die Stadt Luxemburg Maria, die Trösterin der Betrübten, zur Patronin erwählt hatte. Das Andenken an dieses Er= eigniß sollte durch ein Jubiläum, das zweite in der Geschichte unseres Gnadenbildes, gefeiert werden. Wel=

ches Jahr war wohl auch geeigneter, um sich dem
Schutze der göttlichen Mutter Maria inständiger zu
empfehlen und zur mächtigen Patronin und Trösterin
einen lauten Nothschrei zu erheben, als das Jahr
1866? Wie enge die Geschichte unseres Gnadenbildes
mit den Plagen verknüpft ist, die unser Land von
Zeit zu Zeit heimsuchten, das haben die Leser gesehen.
Je unglücklicher das Jahr 1866 gewesen, desto freu=
diger und willkommener sollte das Jubiläum sein.
Unheimliches Kriegsgetöse umringte uns und während
unser Deutschland sich in unmenschlichem Bruderkriege
aufrieb, fragten wir ängstlich: Was wird aus uns
werden? Doch der Furcht des Krieges war schon die
Geißel einer epidemischen Krankheit zuvorgekommen,
welche, die Runde durch das Land machend, in meh=
rern Ortschaften einen bedeutenden Theil der Bevöl=
kerung wegraffte und alles Volk in Schrecken und
Angst gefesselt hielt. Zu Kriegs= und Krankheitsnöthen
kam auch noch die Furcht der Theuerung, indem eine
anhaltend regnerische Witterung auf Feld und Wiesen
höchst nachtheilig einwirkte. Mitten unter diesen Übeln,
welche der Feier des Jubiläums theils vorangingen,
theils nachfolgten, erscheint das Jubiläum von 1866
wie ein Stern über tobendem Meere, wie ein Hoff=
nungsstrahl aus wolkenbedecktem Himmel. Geistlichkeit
und Volk sahen dem Feste mit freudiger Begeisterung
entgegen.

Das Hirtenschreiben. Durch bischöflichen
Hirtenbrief vom 28. Januar erging an die Gläubigen

5

des Apostolischen Vikariats die Verkündigung des zweihundertjährigen Jubiläums der Landespatronin und ward ihnen zugleich die Nachricht mitgetheilt, daß am letzten Tage der Jubiläums=Oktave das Gnaden= bild durch einen vom heil. Vater gesandten Kardinal mit einer goldenen Krone gekrönt werden solle. „Mein sehnlichster Wunsch ging dahin, so schrieb der Oberhirt, bei dieser Gelegenheit des zweihundertjäh ri= gen Jubiläums unserer heiligen und lieben Landespatronin eine neue Ehre vom Oberhaupte der Kirche zu verschaffen .... ich habe nun die große Freude, Euch ankündigen zu können, daß unser glor= reich regierender Papst Pius IX., mit seinem feuri= gen Eifer für die Ehre der seligsten Jungfrau, mei= nem Wunsche huldreich entgegen gekommen ist, und mir die gnädige Verheißung gegeben hat, bei der be= vorstehenden zweiten Säcularfeier der ersten Erwäh= lung Mariä zur Patronin von Luxemburg, unser Gnadenbild mit einer goldenen Krone krönen zu lassen durch einen von Rom hergesandten Kardinal. Durch diese Krönung unseres Gnadenbildes beabsich= tigt Seine Heiligkeit, die geschehene Wahl der Tröste= rin der Betrübten zu unserer Stadt= und Landespa= tronin von Neuem zu bestätigen; der Himmelskö= nigin in unser aller Namen wiederum zu huldigen; den Schutz und Beistand, so sie unserm Vaterland durch zwei Jahrhunderte hindurch geleistet, dankbar anzuerkennen, und ihr dieses Land, so wie auch Rom und die ganze Kirche, in diesen bedrängten Zeiten und für alle Zukunft in ihren mütterlichen Schutz und Schirm zu empfehlen." An die Verkündigung dieser großen Auszeichnung, welche unserm Gnaden= bilde von Seiten des heiligen Vaters zu Theil wer= den sollte, knüpfte der Bischof begeistert die Ermah= nung, Stadt und Vaterland möge sich erheben, um der lieben Landespatronin eine würdige Triumphfeier zu bereiten, den alten, hundertjährigen Bund mit ihr durch das Gelöbniß ewiger Treue zu erneuern, sich wieder unter den Schutzmantel der Himmelskönigin zu bergen gegen die Feinde des Heiles, und bei ihr, der Trösterin der Betrübten, den besten und sichersten Trost zu suchen in allen Leiden des Lebens und in den Aengsten des Todes. Schließlich ward durch das= selbe Hirtenschreiben festgesetzt, daß, da der erlauchte Kirchenfürst, den Seine Heiligkeit mit der Krönung des Gnadenbildes beauftragt hatte, sich nicht so bald von Rom entfernen konnte, die Jubiläumsoktave nicht um die gewöhnliche Zeit, vom 4. bis zum 5. Sonn= tag nach Ostern, in der Stadt Luxemburg gefeiert werde, sondern vom 24. Juni bis zum 2. Juli, Fest der Heimsuchung Mariä, an welch' letzterm Tage auch die feierliche Krönung des Gnadenbildes und die Prozession stattfinden solle.

Vorbereitungen. Waren schon, bevor noch der Bischof seine Stimme erhoben, viele Anstalten zur Feier des Jubiläums getroffen worden, so wirkte das bischöfliche Rundschreiben wie ein zündender Strahl auf die Herzen Aller, denen die Ehre unserer Lan=

despatronin werth und theuer war. Die Begeisterung
loderte wie in hellen Flammen auf, und die Thätig=
keit ward verdoppelt. Reichlich flossen die Geldbei=
träge der Bürger zur Verzierung der Straßen und
Häuser; fleißig regten und bewegten sich die Hände
der Jungfrauen, um die Gnadenmutter für ihr Freu=
den= und Jubelfest recht sinnig und geschmackvoll aus=
zuschmücken. Eine Commission bildete sich zur Leitung
sämmtlicher Vorbereitungen. Die gute Presse im In=
und Auslande war beflissen, die bevorstehende Feier=
lichkeit anzukündigen und auf dessen hohe Bedeutung
aufmerksam zu machen. Bestand bisher nur e i n e,
von P. Amherd im Jahre 1855 in deutscher Sprache
herausgegebene Geschichte unseres Gnadenbildes, so
gab das Jubiläum einem Mitgliede der Gesellschaft
Jesu, P. Küntgen, einem Luxemburger, Veranlassung,
eine andere weitläufige Geschichte desselben in fran=
zösischer Sprache herauszugeben. Mehrere neue Ab=
bildungen des Gnadenbildes, in Photographie, Farben=
druck, Holz= und Stahlstich, neue Medaillen in Gold,
Silber und versilbertem Messing, ferner zwei An=
dachtsbüchlein in Form von Novenen zur Vorberei=
tung auf das Fest der Trösterin der Betrübten, eine
Festprosa auf Noten gesetzt von Oberhoffer, kamen bei
dieser Gelegenheit zur Veröffentlichung. Je näher das
Fest herankam, desto höher stieg die Begeisterung,
namentlich als verlautete, daß auch mehrere Bischöfe
der Nachbardiöcesen die Krönung und Procession
durch ihre persönliche Gegenwart erhöhen würden.

Freilich war nicht zu hoffen, daß das Jubiläum jenen bedeutungsvollen Charakter an sich tragen würde, der dem Ereignisse, dessen Andenken gefeiert werden sollte, zu Grunde lag. Die Erwählung Mariä zur Schutzpatronin in den Jahren 1666 und 1679 war, wie wir oben gesehen haben, eine Stadt- und Staats-angelegenheit gewesen, ausgeführt durch Behörden, die nach christlicher und allein wahrer Denkungsweise die Religion für den Staat als solchen eben so noth-wendig hielten wie für den einzelnen Menschen. Da-mals war der Staat ein christlicher Staat, in welchem das lebendige Christenthum, wie unser Oberhirte im erwähnten Rundschreiben sich ausdrückt, die Grund-lage aller Gesetze und die Seele aller Einrichtungen ist. Die Erwählung Mariä zur Stadt- und Landes-patronin war daher eine Huldigung, welche der gött-lichen Mutter des Herrn und Königs aller Staaten, als Herrin und Königin der Staaten darge-bracht wurde. Heute aber wollen die Staaten reli-gionslos sein, und es war daher an eine wirkliche Erneuerung des alten Bündnisses von Seiten des Staates leider nicht zu denken. Um so mehr mußte es aber den gläubigen Luxemburgern darum zu thun sein, mit aller Pracht das zu verherrlichen, was zu erneuern den Einzelnen nicht möglich war. Denn an echt gläubiger Gesinnung fehlt es unserer Zeit viel-leicht weniger als irgend einer andern; ungeachtet der Gebrechen unserer Staaten hat sich das christliche Leben in mancher Beziehung so zum Bessern gestaltet, daß es uns nicht einfällt, um die Vergangenheit zu trauern. Selbst aus den Übeln der Zeit weiß Gottes Vorsehung Gutes zu ziehen für das Heil der Menschen, und es gilt am Ende ja nur die Heiligung und Rettung der Seelen. Schon das vom heiligen Vater ausgeschriebene Jubiläum vom Jahre 1865, welches bei uns im Monat November gehalten wurde, hatte die schönsten Früchte hervorgebracht. Der hochwürdigste Oberhirt hielt es für angemessen, als Vorbereitung auf die Jubeloctave in allen Pfarrkirchen der Stadt vom vierten Sonntage in den Fasten bis zum Palmsonntage durch die Redemptoristenpatres eine Mission halten zu lassen, damit die Bewohner der Stadt, denen die Zeit der Jubeloktave zu einer ernsthaften Regelung ihres Heilsgeschäftes vielleicht weniger gelegen wäre, zum Voraus ihr Gewissen reinigen und durch ihr Beispiel die Landbewohner antreiben sollten, dasselbe zu thun. Und auch diese Mission hat ihre Früchte getragen. Im Innern gereinigt und vorbereitet, konnten nun die Stadtbewohner mit mehr Liebe und wahrem Verdienst die nächsten Anstalten zur äußern Vorbereitung treffen.

Die Jubiläums = Oktave. Unterdessen hatten beim Apostolischen Vikare 119 Prozessionen ihre Ankunft zu der bevorstehenden Jubiläumsoktave angekündigt, und durch Rundschreiben vom 1. Juni 1866 wurden ihnen die Tage bestimmt, an welchen sie erscheinen sollten. Am Vorabende des 24. Juni wurde das Jubiläum vom Hochwürdigsten Herrn

Bischofe unter Assistenz des Stadtclerus feierlich eröffnet [1]). Der eiserne Votivaltar, auf welchen eben
seit einem Jahrhundert das Gnadenbild während der
Oktave gestellt wird, war durch die Bemühungen
mehrerer Vereine der Stadt geschmackvoll restaurirt;
über demselben schwebte eine große Krone; eine
Fahne, welche bei Eröffnung des ersten Jubiläums
zugegen gewesen, war durch die Marianische Sodalität renovirt und im Chore aufgestellt worden; die
Säulen des Mittelschiffes waren mit Fahnen und
Chronogrammen decorirt; das Portal der Kirche mit
einer Abbildung des Gnadenbildes in Ölfarben verziert, an dessen Seiten sich die Landes- und bischöflichen Wappen befanden. Das Jubelfest war eröffnet.
Am ersten Sonntag der Jubiläumsfeierlichkeit fand
um 5 Uhr des Morgens die erste heilige Messe und
um 9 Uhr das Pontifikalamt statt. Die Kanzel bestieg im Hochamt und nach der Vesper, so wie auch
die folgenden Tage im Abendsegen, der Redempto-
ristenpater Pernizza aus Wien. An jedem Tage der
Jubiläumswoche war des Morgens nach der ersten
heiligen Messe um 6 Uhr der Anfang der bestellten
Hochämter, Nachmittags um 4 Uhr Segen, Abends
um 8 Uhr Rosenkranz mit Segen. Folgende Prozessionen zogen während der Juleloctave in die Stadt
ein:

---

[1]) Ein neues Geläute, darunter eine Glocke von 7—8000
Pfund, sollte bei Gelegenheit des Jubiläums die Pilger für's
erste Mal zum Gnadenbilde herbei rufen. Leider war aber der
Guß derselben zweimal mißlungen.

Am Montag 25. Juni: Kayl mit 360, Beßdorf und Olingen mit 360; Alzingen mit 211; Sandweiler mit 700; Hesperingen mit 500; Steinsel mit 750; Tüntingen mit 300; Niederanven mit 460; Heffingen, Christnach und Walbbillig mit 672; Ospern, Rebingen, Bettborn, Everlingen und Uselbingen mit 1100; Diekirch und Umgegend mit 2200; Clerf und Umgegend mit 800 Pilgern, und das Collegium St. Clement von Metz. Die Prozession von Remich konnte der Cholera wegen nicht kommen.

Am Dienstag 26. Juni: Remerschen mit 250; Monnerich mit 207; Itzig mit 320; Junglinster und Beidweiler mit 540; Flaxweiler mit 180; Körich mit 500; Syren mit 150; Simmern mit 280; Bettemburg und Nörtzingen mit 600; Niederkerschen mit 240; Kehlen mit 120; Contern mit 208; Säul mit 250; Burglinster mit 400; Wormeldingen mit 580; Aspelt mit 220; Nospelt mit 300; Echternach und Umgegend mit 1015; Wilz, Gösdorf, Kaundorf, Brachtenbach und Nörtringen mit 1220; Arsdorf und Umgegend mit 500 Pilgern.

Am Mittwoch 27. Juni: Wellenstein mit 215; Dübelingen mit 500; Küntzig mit 384; Esch a. d. Alzette mit 420; Oberkerschen mit 284; Walbbredimus mit 237; Eischen mit 400; Garnich mit 260; Hobscheid mit 300; Dippach, Bettingen und Springfingen mit 350; Rümlingen mit 160; Frisingen mit 190; Mondorf mit 350; Mutfort mit 180; Biver und Berburg mit 300; Elwingen mit 260; Reckingen,

Limpach und Ehlingen mit 240; Roodt, Colpach, Ell, Oberpallen und Beckerich mit 350; Fischbach, Blascheid und Angelsberg mit 570; Trintingen mit 250; Grevenmacher mit 1500; Marnach, Hosingen und Umgegend mit 350; Schieren mit 330 Pilgern.

Am Donnerstag 28. Juni: Rollingen mit 220; Schwebsingen mit 100; Bous mit 320; Schifflingen mit 330; Bech=Kleinmacher mit 210; Ellingen mit 180; Weiler mit 250; Bürmeringen mit 100; Leublingen mit 300; Dalheim mit 700; Heiderscheid, Eschdorf und Tadeler mit 410; Bissen mit 530; Ettelbrück mit 770; Walferdingen mit 390; Romern, Mösdorf, Cruchten und Stegen mit 610; Kopstal mit 400; Berg=Colmar mit 200; Steinbrücken mit 200; Reispelt mit 200; Büschdorf und Bövingen mit 400; Differdingen, Oberkorn und Niederkorn mit 600, Hostert mit 500; Fels mit 700; Mersch mit 1300 und Beles mit 120 Pilgern.

Am Freitag 29. Juni: Lintgen mit 500; Röser mit 400; Holzem mit 245; Bartringen mit 500; Hagen und Kahler mit 400; Rodenborn mit 60; St. Johann vom Grund mit 1000; Mensdorff mit 255; Mamer mit 750; Schüttringen mit 300; Siebenbrunnen mit 1200; Pfaffenthal mit 1700 und Weimerskirch mit 2800 Pilgern.

Am Samstag 30. Juni: Straßen mit 480; Lorenzweiler mit 450; Merl mit 300; Ötringen mit 150; Fentingen mit 190; Bivingen mit 200 und Hollerich mit 1100 Pilgern.

Ist der Andrang aus dem ganzen Lande zu der Ok=
tave jedes Jahr ein feierlicher gewesen, so trug die bis
auf 45,000 vermehrte Zahl der in Prozession herzuwal=
lenden Pilger und Alles, was die einzelnen Prozef=
sionen zur Verschönerung ihres Zuges thaten, unge=
mein zur Hebung der Begeisterung bei. Es war bei
Tag und bei Nacht durch das ganze Land ein wun=
dersames Beten von hinaufziehenden und zurückwal=
lenden Pilgern und Büßern. Mit Thränen der Rüh=
rung bekannten die Fremden, es müsse doch noch viel
Glauben im Luxemburger Lande sein. Einzelne und
ganze Gemeinden kamen, um ihre in der Noth der
Cholera gemachten Gelübde zu erfüllen, um Dank zu
sagen wegen glücklicher Rettung oder um sich des
Schutzes der Trösterin der Betrübten gegen die ver=
heerende Krankheit zu versichern.

Ein besonders erbauendes Beispiel gaben die
Zöglinge des Jesuitencollegiums St. Clement von
Metz, welche, etwa 500 an der Zahl, mit ihren Leh=
rern und mehrern Notablen der Stadt Metz, am 25.
Juni zum Gnadenbilde pilgerten. Vom Herrn Bischofe
Adames am Bahnhofe empfangen, hielt die stattliche
Schaar mit Musik und Fahnen ihren Einzug in die
Liebfrauenkirche und wohnte dort dem vom Bischofe
selbst celebrirten heiligen Meßopfer bei. Einige Zeit
darauf erschienen die Pilger des durch die Krankheit
so hart geprüften Diekirchs, von denen eine große
Zahl in Trauerkleidern waren. Was soll ich erst von

den Geschenken sagen, die während der Jubeloktave
auf den Altar des Gnadenbildes niedergelegt wur=
den? Gleich am Abende der Eröffnungsfeierlichkeiten
opferten die Dienstboten der Stadt Luxemburg ein
goldenes Herz; am ersten Sonntag nach der Vesper
überbrachten die Zöglinge der beiden Normalschulen
eine silberne Ampel und die Schüler des Athenäums
zwei silberne Ampeln; das Collegium von St. Cle=
ment opferte am Montag ein goldenes Doppelherz;
am Abende desselben Tages die Zöglinge des Pro=
gymnasiums von Diekirch eine silberne Ampel und
die Einwohner derselben Stadt einen goldenen Scep=
ter; Dinstags opferte Echternach während des Abend=
segens einen goldenen Schlüssel; Mittwochs die Pfar=
rei Schieren eine sechspfündige Kerze und ein silber=
vergoldetes Herz; an demselben Tage während des
Segens das Priesterseminar ein goldenes Kreuz für
die Weltkugel des Jesukindleins und der Marienve=
rein ein über alle Erwartung schönes Muttergottes=
kleid mit Schleier, wozu der Stoff vom Marienverein,
die Edelsteine und Perlen von Damen der Stadt
Luxemburg und einiger Landstädte geschenkt worden
waren; zu diesem Kleide, dessen Werth auf 5000 Fr.
geschätzt wird, haben die Schwestern von St. Sophie
die Stickereien verfertigt. Alle Pfarreien des Vika=
riats haben ebenfalls insgesammt beigesteuert, um
der Landespatronin ein Geschenk zu machen; der Er=
trag dieser Beisteuer wird verwendet zum Ankauf einer

über dreißig Pfand schweren silbernen Ampel, welche
vor dem Gnadenbild aufgehängt werden soll.

**Empfang und Einzug des päpstli-
chen Legaten.** Am Donnerstag 28. Juni hielt
Seine Eminenz Karl August Graf von Reisach
als Legat des heiligen Vaters zur Krönung des
Gnadenbildes ihren Einzug in die Stadt. Kaum von
Frankreich her an der Grenze des Luxemburger Landes angelangt, ward der Kirchenfürst an den Vorsta-
tionen Bettemburg und Fentingen durch Kanonen-
donner, Anreden und Gesänge begrüßt. An dem Cen-
tralbahnhofe zu Luxemburg befanden sich die Vereine
und Musikchöre der Stadt, der Clerus, eine Deputation des Gemeinderathes, die Fabrikräthe der Stadt-
kirchen und das Priesterseminar. Auf die Anreden,
welche Herr Dechant Ambrosy im Namen des
Clerus, Herr Ehrenregierungsrath Deny im Namen der Kirchenfabriken, Herr Bürgermeister Eber-
hard im Namen der Stadtbewohner an den Kardinal richteten, erwiderte derselbe: „Mit der größten
Freude lasse der heilige Vater die Krönung des
Luxemburger Gnadenbildes vornehmen, denn er hoffe
und wünsche, daß die Andacht zur Gottesmutter in
den jetzigen traurigen Zeiten den Glauben belebe,
die Einheit des Glaubens beförbere. Der heilige Vater wolle, daß es bekannt werde, wie sehr Er alle
seine Kinder liebe, wie sehr Er den Luxemburgern
zugethan sei." Nach der Begrüßung setzte sich der
Zug in Bewegung. Voran die verschiedenen Vereine
mit Musik, Fahnen, Schildern und Fackeln; darnach

das Seminar, dem sich wohl an die 80 Priester anschlossen; der Hochwürdigste Herr Bischof Adames mit
Mitra und Chormantel; dann Seine Eminenz unter
dem Baldachin, hinter welchem die Deputation des
Gemeinderathes, die Fabrikräthe und das Festcomite
einherschritten; eine Abtheilung Gendarmerie schloß
den Zug.

Nachdem der Herr Bischof am Eingange des
Bahnhofes Seiner Eminenz das Kreuz zum Küssen
gereicht, bewegte sich der Zug unter Musik und ma-
jestätischem Choralgesang, Kanonenbonner und Glo-
ckengeläute, langsam zur Stadt. Eine Schaar weißge-
kleideter Kinder bestreute vor Seiner Eminenz den
Weg mit Blumen. Eine großartige Menschenmasse
hatte sich eingefunden, um Theil zu nehmen an dem
Empfange des päpstlichen Legaten; nicht nur der
Weg vom weit entlegenen Bahnhofe über den Via-
dukt bis zur Liebfrauenkirche, sondern alle Anhöhen,
alle Häuser und selbst die Dächer waren besetzt;
schweigend beugte sich das Volk unter dem Segen
des Stellvertreters des heiligen Vaters.

In der Liebfrauenkirche fand nach römischem
Ritus die Empfangsceremonie statt; der Karbinal
bestieg den Altar, sang die vorgeschriebene Oration
und ertheilte den Apostolischen Segen. Darnach setzte
sich der Zug in terselben Ordnung fort bis zum Bi-
schofshofe, dem Absteigequartier Seiner Eminenz.

Der Vorabend. Laut bekundete die glän-
zende Empfangsfeierlichkeit, die Andacht und der Volks-

zudrang während der Octave, daß Luxemburg gesinnt
sei, das herrlichste und großartigste Landesfest unsers
Jahrhunderts zu feiern. Luxemburg war sich des
Glückes bewußt, den Stellvertreter des Papstes in sei=
nen Mauern zu beherbergen, einen Kardinal der heiligen
römischen Kirche, ausgezeichnet durch ein thaten= und
verdienstreiches Leben, einnehmend durch seine ehrwür=
dige Gestalt und seine echt deutsche Leutseligkeit und
Herablassung. Mit dem Kardinale vereinigten sich am
Samstage die Oberhirten der Nachbardiöcesen, Bischof
Pellbram von Trier, Bischof Raeß von Straß=
burg, Bischof de Montpellier von Lüttich, Bi=
schof Dechamps von Namür, Weihbischof Eber=
hard von Trier und am Sonntag Bischof Düpont
des Loyes von Metz. So viele Bischöfe hatte
Luxemburg noch nie versammelt gesehen! Am Sonn=
tag schon war es eine herzerhebende Feier, als
unser hochwürdigster Bischof unter Assistenz des Kar=
dinals und in Gegenwart der Bischöfe das Pontifikal=
amt hielt. Seine Eminenz selbst bestieg die Kanzel.
In wahrhaft apostolischer Sprache entwickelte er, wie
Jesus ist der Weg, die Wahrheit und das Leben,
wie die katholische Kirche vom Heiland den Auf=
trag erhalten hat, ebenfalls zu sein der Weg, die
Wahrheit und das Leben, und wie der heilige Va=
ter, als Stellvertreter Christi, dieses göttliche Leben
der Kirche, aus dem auch unser Fest der Trö=
sterin der Betrübten geflossen ist, erhält und fort=
pflanzt. Nach der Vesper, welche vom Kardinale ab=

gehalten wurde, sprach der ehemalige Redemptoristen-
pater, Herr Dechamps, Bischof von Namür, den Lu-
remburg bereits vor 22 Jahren als Redner schätzen
gelernt hatte, in geschmack- und salbungsvoller Sprache
über die Leiden der Menschheit und die Tröstungen
der Religion.

Bei einbrechender Nacht gaben mehrere bürger-
liche und religiöse Vereine der Stadt dem Karbinal
und den Bischöfen einen Beweis ihrer Ehrfurcht und
Dankbarkeit durch einen Fackelzug. Mehr als 700
Personen hatten sich als Theilnehmer an dem Fackel-
oder Laternenzug gemeldet; leider aber zählte der
Zug wegen des zweifelhaften Wetters nur etwa 400.
In einer Ansprache, die Herr Advokatanwalt S i-
m o n i s bei dieser Gelegenheit hielt, drückte er Seiner Eminenz den Wunsch aus, den Luxemburg hege,
das Apostolische Vikariat möge zu einem Bisthum
erhoben werden, und der Karbinal berührte in seiner
Antwort auch diesen Punkt und versprach den heil.
Vater von Allem, was ihm in Luxemburg begegnet
sei, in Kenntniß zu setzen.

D i e K r ö n u n g s f e i e r l i ch k e i t. Auf dem
Wilhelmsplatze war ein großartiges Altargerüste mit
baldachinförmiger Spitze errichtet worden, auf welches
das Gnadenbild zur Abhaltung der Krönungsfeier-
lichkeit gestellt werden sollte. Die Ceremonie hätte gewiß, auf dieser Erhöhung vorgenommen, einen außerordentlich imposanten Anblick gewährt, indem auf
solche Weise das an erhabenem Orte thronende Gna-

denbild, der celebrirende Karbinal und die ihn umge=
benden Bischöfe und Priester von der den Platz be=
deckenden Volksmenge selbst aus weiter Entfernung
ohne störendes Gedränge hätte gesehen werden kön=
nen. 31 Civil= und Militärautoritäten hatten sich an=
melden lassen, um in den für sie bereiteten Logen der
Feier beizuwohnen; über 150 Sänger und mehrere
Musikvereine hatten ihre Mitwirkung angeboten, und
die religiösen Vereine hätten sich mit ihren Emblemen
am Fuße des Altargerüstes aufgestellt. Leider aber
mußte, der ungünstigen Witterung wegen, die Feier=
lichkeit in der schon für die jährliche Oktave zu engen
Liebfrauenkirche gehalten werden.

Um 9 Uhr wurde Seine Eminenz in Begleitung
der sieben Bischöfe vom Clerus an der Kirchenpforte
empfangen und in das Chor geführt, wo sich Depu=
tutionen des Staatsrathes, des Obergerichtshofes,
des Gemeinderathes, so wie der Fabrikrath von Lieb=
frauen eingefunden hatten.

Die Tausende von Menschen, welche trotz der
regnerischen Witterung die Straßen der Stadt vom
frühen Morgen anfüllten, strömten indeß der Pfarr=
kirche zu, in welcher jedes Plätzchen, selbst bis auf die
Beichtstühle hinauf, besetzt wurde. Auf allen Eisenbahn=
linien waren für die Oktavwoche, namentlich aber für den
Krönungstag, Extrazüge veranstaltet worden, mit denen
die Fremden von Nah und Fern, nicht nur aus allen
Theilen des Luxemburger Landes, sondern auch aus den
umliegenden Diöcesen Trier, Metz, Straßburg, Ver=

dün, Lüttich und Namür massenweise herbeiströmten.
Konnten ja doch mit Recht unsere katholischen Brüder
der Nachbarschaft dieses Fest auch als das ihrige be-
trachten, da es galt ein Ereigniß zu verherrlichen,
an dem ihre Väter mit den unsrigen gleichen Antheil
hatten zu einer Zeit, wo ein großer Theil von ihnen
mit uns unter demselben Krummstab vereinigt waren.
Zum Beginn der Feierlichkeit überreichte Seine
Eminenz vor Notar und Zeugen die prachtvollen goldenen Kronen den Fabrikräthen, welche sich durch Eid
zur immerwährenden Aufbewahrung derselben ver-
pflichtet hatten. Nach Verlesung des zur Bekräftigung
dieser Verpflichtung abgefaßten Instrumentes und
des Apostolischen Schreibens, wodurch der heilige Vater den Kardinal beauftragte, das Gnadenbild in seinem Namen zu krönen, segnete derselbe die Kronen.
Darauf begann das Pontifikalamt, unter welchem der
Kardinal mit Stab und Mitra von seinem Throne
herab in begeisternden Worten das Lob der Himmelskönigin aussprach und die Bedeutung der Krönung ihres Gnadenbildes auseinandersetzte. Nach dem
Pontifikalamt stimmte der Kardinal am Fuße des
Votivaltars das Regina cœli an, und während der
Gesang dieser Antiphone mächtig über die in schwei-
gender Spannung gefesselte Menge erklang, setzte der
Abgesandte des Papstes im Namen Seiner Heiligkeit
erst dem göttlichen Kinde und darauf der Himmelskönigin den neuen Schmuck auf. Die Freude und
Rührung, welche sich aller Anwesenden bei diesem

feierlichen Akte bemächtigt hatte, gab sich in auffallender Weise kund, als, nach vorgenommener Krönung, Hr. Bischof Adames die Kanzel bestieg und als Wächter dieses kostbaren Heiligthums dem dreieinigen Gotte und der Gottesmutter, Seiner Heiligkeit und Seiner Eminenz, den versammelten Bischöfen und den geistlichen und weltlichen Pilgern seinen Dank aussprach, sodann an die nun von Neuem verherrlichte Mutter Gottes aus tief gerührtem Herzen Gebete richtete für die ganze Kirche und die ganze Welt, für das Luxemburger Land insbesondere, als er schließlich die vor 200 Jahren gemachte Erwählung Mariä zur Patronin der Stadt und des Landes feierlichst erneuerte. Wie mit Einem Munde stimmten die Anwesenden in diese Gebete ein und manches Auge schwamm in Thränen. Die Ertheilung des päpstlichen Segens durch den Gesandten des Apostolischen Stuhles und ein begeistertes Te Deum machten den Schluß der Krönungsfeier.

Die Prozession. Die anhaltend regnerische Witterung ließ befürchten, daß die Schlußprozession nicht stattfinden könne. Indeß hellte sich der Himmel auf und die Prozession entfaltete sich. Einen Theil der Verzierungen, mit denen die Straßen geschmückt werden sollten, konnte in der Eile nicht angebracht werden; doch war der ganze Weg ununterbrochen auf beiden Seiten mit Tannenbäumen, Maien, Fähnchen und Blumenguirlanden geziert; viele Häuser waren außerdem beflaggt oder mit Blumen, Lichtern und

Emblemen geschmückt. Der erste Segen wurde von
dem auf dem Wilhelmsplatze errichteten Altargerüste
herab ertheilt; der zweite an der Ecke der Philipps=
und Großstraße, der dritte am rothen Brunnen, der
vierte am Gouvernementsgebäube. Die Ruhaltäre
waren renovirt und bedeutend verschönert worden.
Zur Aufrechthaltung der Ordnung hatten 70 junge
Leute der Stadt eine Ehrengarde gebildet; ihre Auf=
gabe war viel erleichtert durch den Umstand, daß nur
Vereine und Corporationen in die Procession aufge=
nommen wurden; daher auch die Ordnung nichts zu
wünschen übrig ließ. Der Zug wurde von einer Ab=
theilung preußischer Landwehr eröffnet. Vorne das
Kreuz mit zwei neuen gestickten Fahnen; kleine Kna:
ben mit den nunmehr renovirten Schildchen, welche
die lauretanische Litanei vorstellen; die verschiedenen
Primärschulen, Knaben und Mädchen; die barmher=
zigen Schwestern mit den Mädchen der Arbeitsschu=
len; die Schwestern der christlichen Lehre mit den
Normalschülerinnen; die Jungfrauen der Stadt; die
Bürgerschule der Knaben; die Normalschule; das
Athenäum mit Musikchor; der Verein der heil. Fa=
milie mit seiner ebenfalls neuen, in St. Sophie ge=
stickten Fahne und den vielen Fahnen der Filialve=
reine, mit Musik= und Gesangchor und vielen Emble=
men; die Marianische Sodalität mit der schon er=
wähnten renovirten Fahne, einer schönen Muttergot=
tesstatue und zahlreichen Fackelträgern; eine Depu=
tation des Gesellenvereines; die beiden Vereine der

Handschuhschneider mit Fackeln; die dreizehn Hand=
werkerbruderschaften mit Vereinsfahne, Schildern und
Fackeln. Auf den ganzen Zug waren sechs Musik=
chöre vertheilt. Nach einer zweiten Abtheilung Mili=
tär kam eine Schaar von ungefähr hundert weißge=
kleideten Kindern und Mädchen, welche vor dem Gna=
denbilde Kerzen und symbolische Zeichen trugen. Da=
rauf das unter dem Baldachin von den Pfarrdechan=
ten getragene Gnadenbild, angethan mit dem kostba=
ren Gewande und die goldene Krone auf dem Haupte.
Darnach eine doppelte Reihe von Knaben in rothem
Talar mit weißem Röckel und blauer Binde, welche
Fähnchen mit den Anrufungen der lauretanischen Li=
tanei trugen, ein gar lieblicher Zug, der für's erste
Mal die Prozession verschönerte; ferner eine Schaar
kleiner Knaben mit Schellen und Fähnchen; der Mu=
sikchor der Stadt; der Cäcilienverein mit neuer ge=
stickter Fahne; das Priesterseminar und etwa 300
Priester, von denen ein großer Theil den Chormantel
trug. Nach ihnen schritten die Hochwürdigsten Bischöfe
mit Stab, Mitra und Chormantel einher, welche ab=
wechselnd das Allerheiligste trugen und den sakra=
mentalischen Segen ertheilten. Der Baldachin, unter
welchem das hochheilige Sakrament getragen wurde,
war umgeben von acht Seminaristen mit Fackeln und
Rauchfässern, an welche sich die Vorsteher der Pfarrei
mit ihren Fackeln anschlossen; ihnen zur Seite eine
Gendarmerie=Abtheilung. Dem heiligsten Sakramente
folgte Seine Eminenz der Kardinal im Galagewande;

hinter Seiner Eminenz kamen der Gemeinderath, der
Fabrikrath und die Mitglieder des Festcomites; eine
Abtheilung Husaren schloß den Zug. Nicht den wenigst
feierlichen Theil der Procession bildete das ohne
Pracht und ohne Pomp in dichten, die Straßen vollstän=
dig ausfüllenden Reihen folgende Volk, das um Ab=
wendung der Krankheit und Noth betete oder für
deren Abwendung seinen Dank darbrachte. Die Zahl
der Fremden, welche an diesem Tage zum Gnaden=
bilde kamen, rechnet man auf 40,000; noch um
drei Uhr Nachts ging ein Extrazug nach Diekirch ab;
wäre das Wetter günstig gewesen, so hätten die Eisen=
bahnen unmöglich alle Reisenden an diesem Tage be=
fördern können.

S ch l u ß. So sind denn die schönen Tage der Ju=
biläumsoctave vorüber. Schnell, wie die Eisenbahn,
schreitet die Zeit voran, und sie vergeht. Das Andenken
an unser Jubiläum aber wird nicht vergehen. Denn
es ist dem Leben der katholischen Kirche entsprossen,
und dieses Leben vergeht nicht. Zeiten und Völker
ändern; die Kirche ändert nicht. Gott weiß Alles
zu ihrem Nutzen zu verwenden. Freuen wir uns,
daß in einem so verhängnißvollen Jahre unserer lieben
Mutter Maria ein so herrlicher Triumph bereitet
worden ist! Ja Dir, o Mutter Maria, sei Alles
wieder aufgeopfert, was · zu Deiner Verherrlichung `
während dieses Jubiläums geschehen ist. Nimm Alles
gnädig an, und sei uns wahrhaft eine Trösterin in
der Trübsal, die uns bedrängt. Wende von uns ab

ſchreckende Krankheit; verleihe Ruhe den Seelen der Verstorbenen, die dieſes Jahr zu Tauſenden hinweg= gerafft; zeige Allen, die Dich noch nicht genug kennen, daß Du die einzige und ſichere Beſchützerin biſt gegen alle Gefahren und Übel des Leibes und der Seele!

———————

Inhalts-Verzeichniß.